白い自転車

走りつづけたわたしの人生

深見正子
Fukami Masako

家庭

あぜ道を走り回る農村のリーダー

生活改善普及員の努力はみのる

昭和 28 年 7 月 18 日　毎日新聞

はじめに

昭和二十年八月、日本はポツダム宣言を受諾、「大東亜戦争」終戦の詔勅が下りました。同年九月、連合国軍最高司令官ダグラス・マッカーサー元帥が日本に着任しました。ダグラス・マッカーサー元帥は、日本の封建的な制度を改善する必要性が急務であり、特に農民の生活は他の産業者よりも不利であることを痛感し、まず「農地改革」を施行しました。「地主は耕作農家に土地を売り渡す」、「明治からの地主よさらば、現耕作農家よこんにちは」となり、農民は長かった小作農家制度から解放されました。自作農家となり、長男だけでなく次男も農業に専念し、新しい農作物を研究し、外国の農作物も取り入れ、輸出作物を生産し今日に至っています。

農林省は終戦を期に法律を改正し、農業改正助長法により、農村の指導者として、農業改良普及員、生活改良普及員を地方公務員として配属しました。愛知県には普及員巡回指導用に「白い自転車」が配置されました。本書を「白い自転車」と名付けた由縁です。

昭和二十五年一月頃、地元愛知県海部郡蟹江町役場の加藤孝雄職員は、愛知県広報、昭和二四年度愛知県改良普及員資格試験合格公告を持参し、私の父に「是非地元で奉職をお願いしたい。合格通知は県庁から本人宛近々到着の予定ですよ」と話されました。

この制度はGHQの申し子といわれ、奉給は男女同じで戦後女性職業第一号でした。「これが男女同権かな」と話題になったものです。

昭和二十二年五月、日本国憲法施行。その「男女平等」条項の草案者は、アメリカ人の若き女性ベアテ・シロタ・ゴードン女史（当時二十二歳）であることが広く知られるようになりました。当時はトップシークレットであるため、五十年以上真相を明かされることはありませんでしたが、日本女性に贈られたビッグなプレゼントだったことを付記します。

私は昭和二十五年に椙山女子専門学校を卒業（旧制度最終）後、同年愛知県知事の辞令を授与し奉職し、昭和六十一年三月に定年退職しました。この間、六部局転勤を命ぜられ、その都度マスコミの取材を受けた記事をスクラップしておきました。

定年を記念して「白い自転車」を自費出版したところ、各新聞に掲載され、知人、友人から「パートⅡを期待していますよ」と声をかけられました。その後、私は「第二の人生」にもチャレンジ精神でのぞみ、「第三の人生」へと夢が膨らみ、今日にいたりました。

「第一の人生」

行政職員として法令、条例に基づいた仕事をしていました。しかし年配の上司は、新時代の感覚に乏しく、女性職員は犠牲になることがしばしばあり、初版の「白い自転車」には記載できない事が多々ありました。

海部地方事務所長の無理な命令に応じなかったために奉給支給を保留されたり、簡易水道の設置に尽力し、町村長の要請に応じて式典に出席したため愛日農業改良普及次長から辞表提出を命ぜられたりしました。また、産後授乳期間中に県外出張を命ぜられ、発表原稿の打ち合わせのために午前二時半まで叱咤され、深夜に自宅に帰ったこともあります。

しかし、新任の頃の経験が実を結び、後半は「嵐の後に虹が出る」といいますが、まさにゴーイング・マイ・ウェイの日々であったと自負し、私にとっては、美しい虹が出て最高の職業でした。

「第二の人生」

定年後の活動として、家庭裁判所家事調停事務委託をはじめ、各種団体、ボランティア活動等約十数団体に関与し、第一の人生で助言指導を賜った方々の御好意により、十三年間にわたり社会との係りを保つことができました。
その間、最高の方々にもお会いし、有意義な人生を過ごしました。
「善き人脈は、我が人生の財宝なり」を実感し、喜びの人生でした。

「第三の人生」

心豊かに年齢を重ねつつ、現在、誰にも遠慮しない快適な毎日を「心踊る家」リバーサイドケア赤池有料老人ホームに入居体験し、私の人生の集大成です。

ケア赤池「心踊る家」で働く人々、高齢入居者など、様々な人間模様には、それぞれの方の成育歴がよく現れます。格言では「親の背中を見て育つ」と言い伝えられ、また、ベアテ・シロタ・ゴードン女史は、「家庭は人類社会の基礎である」と力説されていました。

人格形成は家庭でなされることを実感しつつ、九十歳の卒寿を目標に、最高の環境とその居室にて、あらためて『白い自転車』を執筆しました。

著者

白い自転車

もくじ

6　女性の労働能力向上をねがって――婦人労働サービスセンター　123

第二の人生　145

第三の人生　191

第一の人生

社会人となるスタートライン

愛知県広報を見て、昭和二十四年度愛知県改良普及員資格試験を受験（農業改良助長法、昭和二三、八、一施行）。私の人生は、ここから出発しました。

学生時代の恩師である長谷部広子椙山女学園大学教授は、家庭裁判所家事調停委員、愛知県教育委員、愛知県生活改善専門技術員を兼務されていらっしゃいました。長谷部先生は家庭管理が専門で、いつも授業のはじめに「家庭管理とは、入るを計って、出づるを制す、これ即ち家庭管理なり」と黒板に書かれて学生たちの心を和ませ、本論に入られました。

私は、長谷部先生の講義が大好きでした。時々農村の生活改善の講義をなさいました。その講義に感銘し、生活改良普及員をめざし、資格試験を受けることにしたのです。

改良普及員試験の受験当日の帰り道、見知らぬ大学生が近づいてきて、電車の中まで付いてこられて、うっとうしい思いをしました。一晩悩んだ末、県立高校の教員になるので改良普及員の試験はやめようかと思いました。翌早朝、父に「今日で試験は終わるな、窒素、燐酸、加里を忘れるなよ」と励まされたその矢先、私は「今日は休む」と言ってしまったのです。途端に父には「なに、試験をやめる、そんな半端な人間に育てた覚えはない。試験をやめるならもう明日から学校へ行かなくてもよい」と、厳しく叱られました。そばで母が「さあ早く行きな。弁当は包んであるよ。時間は充分間に合うから」と、やさしくとりなしてくれたので、試験会場にかけつけ無事試験を受けることができました。

父の一言が私の脳裏に焼き付き、それ以来何事も「なし遂げる」ことが私のモットーになったのです。

合格発表後、その当時、私は県立高校の教員の話もあったので、迷って椙山藤子先生に相談に伺いました。藤子先生は「せっかく県が受かっているのだから、県へ行かれたらどうですか。生活改良普及員は新しい制度ですから、仕事を開拓していくのもよさそうね」と助言してくださいました。その言葉が私の心に強烈に響き、普及員になる決心が固まりました。椙山藤子先生は、昭和六十年四月二十九日、勲三等瑞宝章受章されました。

1　白い自転車は走る――生活改良普及員のころ

ピッカピカの一年生

昭和二十五年九月十日、愛知県庁へ行きました。風格と伝統のある建物にびっくり。辞令交付には、勤務地と「俸給は × 等給 × 号俸を給する」と書かれてあり、同年の方が私に辞令を見せながら、「あなたはどう、見せて」と親しげに話しかけてきました。私は何も知らないので辞令を見せたところ、等級、号俸ともに私が上位で同年の方はびっくりされました。そばにいた年配の方が、「これは五階に駐屯しているGHQが決めたのよ」と言って場を和らげてくださいました。

辞令交付は午前中に終わり、早速勤務地へ挨拶に向かいました。勤務地は蟹江町農業協同組合内です。辞令には「愛知県海部郡東部地区駐在を命ずる。愛知県知事　桑原幹根」とありました。普及事業の管理者は、戸谷静雄東部地区農業改良推進協議会会長。愛知県議会議員であり、蟹江農業協同組合長兼務です。前町長でした。

私が挨拶に行くと、戸谷会長は、「生活改善は地域の問題点を発見し解決することが必要であり、海部の問題はまず飲料水を解決することが先決であり、他のことは考えなくてもよい」と、助言をくださいました。

引き続き東部担当普及員に挨拶に行ったところ、辞令を見て上司は「海部郡管内の農改十七人のうち等級がよく五番ぐらいだよ」とびっくりされ、「おお、これが男女平等だな」。私は「そうですか。GHQが決めたそうですね」と応じて、一同大笑い、なごやかなひとときでした。

研修会場は愛知県推進農場でした。広々とした農場で、牛、豚、鶏、山羊舎があって、初めて見る風景にびっくり。新任者の生活改良普及員には熟年の方が多く、戦争未亡人の方々も見受けられました。学校卒業と同時に、この職についたのは私一人でした。私のような未熟者が、これから普及員として務まるのか不安でした。

研修期間中に最も印象に残ったことは、関係機関との連携の仕方でした。

最後に、この制度はアメリカの戦勝政策でもあり、アメリカの申し子ともいわれていること、普及員は技術者である前に、教育者でなくてはならないというのがアメリカの普及哲学であると、講義を受けました。

郷に入れば、郷に従う——農家の生活改善は簡易水道から

飛島村の農家に宿泊体験に行くことになりました。農村地域の現状を知るため農家に一日宿泊したのです。飲料水が最悪の状態であることを知り、「海部広報」に掲載したところ大きな反響がありました。そこで、最初に手がけたのは蟹江町西ノ森地域でした。

蟹江町西ノ森集会場をNHKラジオが現地取材に来ました。アナウンサーは生改（生活改良普及員）の私に「農村婦人の隘路は」と大きくて重いマイクを渡し、私は「農村婦人の労働軽減ですよ。まず簡易水道を引くことが必要ですね」と答えました。

ある日、本課から突然生改活動状況を報告するように連絡を受け、梅雨時で雨降るなかを県庁へ急ぐと、ＧＨＱのマーチン氏が私を待っていました。普及事業視察のために来県されたマーチン氏は、色白な好紳士で、にこやかに活動状況を聞き、「ＯＫ、ＯＫ」の連続でした。

三重県鳥羽市で開催された農林省東海近畿ブロック会議にも出席し、簡易水道について発表しました。特に水温が摂氏二十四度もあることにびっくりされました。その後、蟹江温泉として有名になりました。

また担当地区外の農業普及員から簡易水道指導を依頼され、それに応じて現地におもむき啓発を行いました。

国会議員に普及員格付陳情

昭和二十六年十一月には、全国農業改良普及員（農改）格付け依頼に、「生改」代表として国会へ陳情に行きました。

面会した河野衆議院議員から、「あなたはどこの地区担当か？」と尋ねられ、「東部地区です」と答えると、「ああ県会の戸谷静か、海部地方振興計画で簡易水道を一番早く手掛けている蟹江か」と、返ってきました。

その時一瞬空気が静まりかえりました。その直後、詰め襟の学生服姿の海部《かいふ》秘書（のちの海部俊樹総理大臣）から温かいお茶を出され、その場の空気が和み、尾西市出身の河野代議士、同市の農改普及員とにこやかに談笑されました。

昭和二十七年のこと、海部地方事務所長秘書から電話がありました。

「所長があなたに当事務所で勤務してほしいと言っている」

「転勤辞令は出ますか」

「出ません」

「知事辞令での駐在勤務ですから応じられません」と断りました。

当時、俸給は地方事務所経済課担当職員から「個人手渡し」が習わしで、その時の担当者は、「あなたに俸給を渡すことはならんと所長から止められている」と引き出しの袋を見せ、「悪く思わないで。僕としては渡したいけどなあ」と、同情的な顔をして引き出しを閉められました。

母にこの話をしたところ、「このことはお父さんに話してはいけないよ。話すと大事になるから、貯金したと思えばいいよ」と諭されました。

次回の俸給日。駐在所で農改がにこやかに「カッさん（私の旧姓。加藤）、俸給上がったなあ」と話されました。私が「えっ、知らないわ」と答えた瞬間、上司が「なにっ、もらってないの！」。事のなりゆきを聞かれ、上司は驚いて戸谷会長と話され、すぐ事務所に俸給を受け取りに行かれました。私はこれで解決したと安堵しました。

生活改良普及職員時、俸給を差し止めされたため中学校教師に転身

生改職も一年経過した頃、突然海部地方事務所長から「話したいことがある、所長専用車を回すからすぐ来てほしい」と連絡を受け、その数分後、秘書が迎えにこられ、車に案内されました。車内には所長と総務部長が同乗され待っておられました。私は真ん中の席に乗せられ、つかの間のシンデレラ気分でルンルン……でいました。名古屋駅前のマイアミ喫茶店前で下車しました。

早速所長から「実は飛鳥中学校の女性教師浜田先生が結婚で退職するので後任を頼みたい。あなたのように若い独身女性が年輩の婦人相手の仕事は可哀想でならない。子ども相手の方が良いがどうかね」「四月まで空席にしておくわけにはいかないから、どうか飛鳥中学校の教師になっていただけませんか。書類手続きの方は、すべてこちらで用意するので心配はしなくてもよいので是非承諾して欲しい」とおっしゃいました。その時の所長は、本当に困った顔で懇願されました。

私は突然のことでびっくりし、このことは両親と、職場の上司によく相談してから返事しますと別れました。

帰宅後、早速父に話しましたところ、父は「生改を辞めるのは惜しいなあ。残念だなあ。これは政治が絡んでいるな。居づらいだろうなあ。お世話になっている上司によく相談するかな」と言われました。

上司は「生改を辞めて先生になる。地方事務所長は、県会議員に立候補するという噂があり、あなたが海部事務所転勤を承諾しないので俸給保留のことが原因かな。当地区の戸谷委員長に話してみるから」と言われました。

数日後、上司は、戸谷委員長の意見は「生改を辞めることはならん。所長の県会議員出馬は聞いているが生改を辞めることはならん」ということで、父と同意見でした。

しかし、私は、中学校へ転職することを決心しました。この件については、国会陳情も関係していると思ったからでした。

その後海部事務所長は、他郡の地方事務所長として勤務されたと伺いました。

飛島中学校教諭に就任　ＰＴＡからの歳暮を校長から差し止めされた

昭和二十六年十一月一日付辞令交付。当日、飛島村長は挨拶で「この村は家屋が平均的に大きく、立派な家であること、『日本一』です」と話されました。

授与した辞令を見てびっくりしました。県職とは違います。退職時の俸給は「Ｑ等級Ｑ号俸」。教職辞令は、等級は同じ、号俸は五号俸も上でした。また辞令と同時に、ＧＨＱからの教職に関する書類が添付されていました（思想関係）。

担当教科は、家庭科、国語、その他。事務関係は学校統計。県統計課に報告することです。

当村地帯は、水田地帯と海岸地帯で、農繁期休校日が定められ、生徒たちはよく働き親孝行です。授業中に教頭が、廊下で抹茶をたてる仕草をし、手招きされているのを生徒たちが見て「先生、お客さんがござったよ」と、生徒一同大笑い。

早速応接室に行くと、校長は「この先生は海部地方事務所長推薦の先生です。県から来ていただきました」と、必ず紹介されました。あまり頻繁なので、先生方からは、早く県職に戻られた方がよいと忠告を受けました。

海苔採取の最盛期は寒い季節で、生徒たちの手は赤ぎれで、それは可哀そうでした。授業中、黒板にチョークを持って字を書いていると、生徒がどよめき、びっくりしました。休憩時間に生徒が教壇を取り巻き、「先生の手、きれい。わしらの手はグローブみたいで恥ずかしい。先生いっぺん触らせて」と握手を求められました。その手は硬く、ざらざらしていました。私は「皆さんの手は、良く働く手よ。いま一生懸命働けば、大人になった時は、よい芽が出るのよ」と、励ましました。

そして、この生徒たちに幸せあれと心に願いました。

再び、西春日井郡生活改良普及員になる

教員生活も軌道に乗って、初めての夏休みのある日、愛知県農業技術課の草葉禎子技師（父草葉龍園参議院議）に会い、当時の懐かしい４Ｈクラブでのキャンプ現地指導の話に花が咲きました。

草葉技師には「私結婚するのよ。相手は大学の先生よ。私の後任としてどう」と誘われました。

私は「わあ、嬉しいわ。お願いね」と答えました。

一週間後、本課の担当者から電話が入り、「一旦県を辞めた者は駄目なのだが、西春日井郡には生改がいない。簡易水道を引きたいから、その経験のある生改を希望している。ただし号俸については、県を退職した時よりも一号俸低いがそれでもよいか」と念を押されました。

私は簡易水道と言われた途端、ためらわず「よろしいです。お願いします」と言いました。昭和二十七年九月十五日付で辞令をいただきました。「西春日井郡西部地区駐在所勤務」です。駐在所は、西枇杷島町役場別室です。「白い自転車」に乗って、各市町村を巡回指導し、簡易水道については、前任地の経験を生かし、任にあたりました。農事組合は夜の会合が多く、農改とともに指導しました。西春日井郡では、春日村が第一号として簡易水道を引く計画ができ上りました。

起工式で地元県議会舟橋副議長と共に玉串奉典し、感激しました。ところが余韻覚めやらぬ当夜に、鬼頭農改からの電話で「愛日次長から『明朝退職届を提出せよ』と電話連絡があったのでよろしく」と、連絡を受けたのです。

私は早速、上司の駐在所佐枝先生に電話しました。佐枝先生は「式典の出席者について春日村村長と相談し、生改が担当したから出席するのが当然であり、許可した責任は僕であるから心配しなくてよい」と諭されたので安心しました。

この件については、次長に直接話すことになりましたが、鬼頭農改が電話を受けたのだから同行すると希望され一緒に行きました。その道すがら、鬼頭農改に「何も言ってはいけない、ただ頭を下げればよいから」と教えられ、私はその約束を守りました。

鬼頭農改と共に頭を下げ、私のみ後ろの席で農改を待っていました。次長と鬼頭農改は、私のことには関係なく他言で大笑いしている様子で、悔しくて、悔しくて、時間の無駄を感じ憤りを覚えました。

その帰りの道すがら、農改は「これが男の世界だよ。職員は机（上席）の取り合い。また、これからもあなたは犠牲になることもしばしばあるが我慢してほしい」と諭されました。

昭和二十八年新春、西春村の広報を読みました。農改は時々所内で献穀田の経過の話をしていました。お田植祭が近づいた時でした。

駐在所責任者の佐枝先生は、「生改も来賓関係者になっているから参列は一緒に」と告げられたのでびっくりしました。

六月七日、雨。お田植祭には副知事、県議副議長その他来賓関係者百余名が参列されていました。お田植祭の早乙女の美しいこと。お田植歌に合わせて早苗を植えていく姿は、少しの乱れもなく整然としていました。そんな早乙女に感動した次第です。

十月十日、中祭、御刈穂式。桑原県知事はじめその他関係者三百名が参列しました。絶好の秋日和に恵まれ、古式ゆたかな豊年踊りのうちに刈り収められ、お田植祭と共に何時までも心に残っています。

昭和二十八年七月頃から生改の現地活動を各新聞社が取材し、記事にて報道されました。

生改職の新聞記事の影響に、びっくり

◇生活改良普及員の努力はみのる（毎日新聞）

愛知県は「白い自転車」が田のあぜ道を走る、田や畑から「ご苦労さまの声」。白のスマートな自転車の主は農業改良普及員と生活改良普及員である。

農業経営の合理化、多角化と生活改善化が叫ばれ、昭和二十四年から本格的にスタートし五年になる。地方事務所を根拠地に農家を軒並みに訪れ、台所改善、衣食住の合理化を説明、実際にリードしていくのが生活改良普及員の仕事である。

愛知県では女ばかりの十八名が県下を回っている。

この普及員から生活改善グループが生まれている。

（毎日新聞　昭和二十八年七月一日）

昭和二十八年七月十八日付「毎日新聞」の記事を持参し、農改の職場に訪ねてきた方がいました。名刺の肩書きは、農林省愛知食糧事務所、西春日井郡支所岩田所長。所長に「私の娘は現在高校生です、生改になるにはどうしたらよろしいか」ときかれ、私は「学歴は大学家政学部卒業が一番良いですよ」と答えました。岩田所長は「わかりました。娘を大学に進学させます」と言われました。娘さんは大学在学中に生改試験に合格し、卒業後生改となり、その間結婚されました。横山和代生改は定年退職後、「国際関係ボランティア活動に参加し、時々外国にも行き活動しています。現在優雅な生活ができるのも父親のお陰です。父親に感謝しています」と、私に話されました。

各種団体の活動も新聞記事になりました。生活改善グループ、地域婦人会、農協婦人部各地域で活躍、主として新聞の見出しを記載しました。参考になれば幸いです。

◇うどんのゆで方講習会　西枇、下小田井Gグループ」（毎日新聞　昭和二十八年七月十八日）

◇明るい台所に感心　４Ｈクラブ員　アメリカ村訪問

同行した私は、電気製品にびっくり、日本には何時の日？

（中日新聞　昭和二十八年十月二十五日）

◇お台所など視察　ＦＡＯの一行、新川町阿原地区へ

各家々の大きいこと、明るい台所、美しく大きな仏壇にびっくり。

（中日新聞　昭和二十九年五月二十五日）

夫妻共働き県職女性に退職勧告

昭和三十二年一月頃、私は上司に「知事は夫婦共働きの女性職員を退職の対象にする旨、名簿を提出するように」と申し渡されました。

該当する生活改良普及員は、県で私一人です。他の生活改良普及員は年配の未婚者、または未亡人（寡婦）です。若い生改は出産のため退職していました。

当時の農家は、二世帯または三世帯の家族で、主婦を指導できる生改は健全なる家庭生活を送っている生活経験者が必要であり、最も信用されるのは生改は夫婦そろっていることでした。また、生活改良普及員は資格が必要で、事務職員とは違うことを県人事の上層

部に伝え、了解されたので安心してほしいと言われました。

その後、一か月経過してからのことでした。本課の生活改善事務担当者から誘いの電話があり、早速、お会したところ、その女性は、「私は、この三月で退職勧告があったので退職しなければならない。あなたは話がありましたか？」と、涙ながらに話されました。「私は現地指導をしていますよ。あなたは本課で勤務していらっしゃいますよね。どうして現地指導を希望されなかったのですか？」と尋ねましたところ、彼女は、「私は大学時代から付き合っていた同級生と結婚しましたのよ。事務職員で採用です」と言われました。

私は「ああそう、知らなかったのよ。有名な国立大学を卒業され、将来は幹部になられると思っていたのに、残念ね」と言って別れました。

伊勢湾台風災害復旧第一陣特別派遣

昭和三十四年九月二十六日に東海地方を襲った、伊勢湾台風がもたらした被害は甚大でした。とくに海部地方、名古屋南部地帯は悲惨でした。堤防はずたずたに決壊し、家屋は流され、数日間も水が引かず、長期間にわたって住民の生活が脅かされました。

私は尾張地区代表として一人でした（三河地区横山生改一人）。十一月、海部郡でもとくに被害が甚大であった飛島村に派遣命令され、七宝町の海部営農センターを拠点に宿泊し、早朝から夜遅くまで伊吹おろしの寒風を背に、雪解け道のようなツルツル滑る道路を、スクーターに乗って災害復旧活動に従事しました。厳しい自然の仕打ちに、どんなに身の危険を感じたことか。寒さに向かって少しでも暖かく過ごす工夫をと、婦人会に「簡易わらぶとん」の作り方と、衛生管理について指導しました。

海部郡は私の前任地です。

昭和三十五年十月十九日、災害復旧活動を応援した関係普及職員に、海部農業改良普及所長から御礼の通知と共に復興地見学の案内状が届き、出席しました。全員集合した「鍋田干拓オランダ式築提上」での写真は、皆喜しい笑顔でした。

営農センターの山崎センター長の父君は、日本のデンマーク創設者・山崎延吉元貴族院議員でした。私は新任の海部生改の頃、毎日新聞の水谷論説委員と一緒に御自宅で父君のお話を伺ったことを話したところ、センター長は頬笑みながら相づちをうたれ、頷かれた姿にとても親しみを感じました。数年後センター長は、農業技術課長に就任されました。

私は十年後、山崎課長のご尽力により農林部から他部局に転勤することができました。この転勤については後述します。

「あなたは生改ではない、行政マンだ」

生活改善の仕事も軌道に乗り、ルンルン気分でいた時、本課生活指導担当の浅井先生に呼び出され、「あなたは衛生部の食生活改善発表と、教育委員会の婦人会に実績をとられ悔しくないの？　あなたは生活改良普及員でなくて行政マンだ」と叱咤されました。そこでただちに私は、「行政職（一）の辞令をいただいております。食生活改善発表については認められたことは大変喜ばしく思っています。農林省で発表の機会がありましたらお願いします」。さらに私は「婦人団体結成についても、教育委員会ではありません。普及所が総括指導しています。この婦人団体連絡会は県下第一号で喜んでいます」と申し上げました。

農林省指針地域濃密指導地区パイロット第一号に指定

尾張二名（尾東、尾北）、三河二名（西三河、東三河）の四名が愛知県のパイロットに指定されました。

当地区は西春村鍛冶ヶ一色を中心に集落約二百八十戸をパイロット地区とし、実施普及員の名称で活動を行いました。集落の実情と問題発見、その対策、年間計画と実施計画を立て指導しました。

この件については私の長い県職時代でいちばん苦しい出来事のひと幕です。

昭和三十六年一月長女を出産後、出勤六ヵ月を経過したある日、農林省東海近畿ブロック会議発表の原稿について、県の浅井先生から午後六時頃自宅に電話があり（普及所に不在のため）、義母が受けました。

午後六時半頃に帰宅し、玄関口で義母から連絡を受け、すぐにタクシーで県庁近くの県営住宅の浅井先生宅に向かいました。到着した途端、浅井先生は「発表が近づいたのに（三週間前）相談が無い、どうしているの……」私は発表するパイロット地区の原稿を渡し説明しました。

発表の原稿内容は「実施計画の立て方」について、実情と問題点、その解決方法を順序立てての指導計画書です。私は教職の時の教案の経験と農家の指導経験を組み合わせての計画書を説明いたしました。

浅井先生は「ああ、そう」と、頷かれながら聞いていらっしゃいましたが、途中でいろいろ意見を言い出され、最後には「私は生改普及員をしたことがない、現地が判らない」と大声を出されました。私は思わず泣いてしまいました。夜中の十二時頃でした。その時、ご長男が帰宅されました。浅井先生はますます大きな声で「あなたの愛日管内には、年上の生改ばかりで（大正生まれ四人）、若い深見さん（昭和生まれ）の下にいるの、悔しくないか、悔しいでしょうと、愛日の生改に会うたびに言っている」とおっしゃり、私はびっくり。しかし何を言われても、返す言葉もなく、ただ泣いているばかりでした。ご長男はじっと聞いておられ、時計を見て「おふくろもう二時半だよ、いい加減に許してやったらどうだ」という一声で、私は解放されました。

外は真っ暗で大雨でした。先生は「ここは県営住宅だからタクシーは何台でも通っている」とおっしゃり、私はタクシーを待っている間、県営住宅周辺の暗さに驚き、いつまでもその余韻が残っていました。

自宅では義母が待ち受けていて、「私が電話を受け取ったので伝えたのですが、こんなに遅くなるとは思いもよらなかったわ。大変だったわねえ。食事はまだでしょ。子供はお風呂に入れ、ミルクを飲んで眠っているので安心してね」

私は思わず両手を合わせ、義母にお礼を申しました。義母は夫に「気を付けてね。お休み」と優しく言葉をかけられ、母屋に帰られました。

東海近畿ブロック会議出席

昭和三十六年六月、滋賀県琵琶湖畔の会場で東海近畿ブロック会議が開催され、農林省山本生活改善課長、主催者挨拶後、当課事務官司会のもと会議が始まりました。各県出席者は年輩者の多いことに驚きました。その発表ごとに質疑応答がなされ、最後に愛知県の番となり、浅井先生からひとこと言葉があり、引き続き私がパイロット地区実施計画の樹立について発表しました。発表中、会場は水を打ったように静まり、質疑応答もなく、最後に出席者の中から「あなたは教職の経験がございましたようですね」とひとことあっただけで終わりました。農林省生活課長から「愛知県の実施計画は良く纏められていますよ」と講評され、私は「これは浅井先生のご指導のお陰です」と申し上げました。

「指定地農指協力者」に感謝

地農指のモデルとなり、簡易水道と天日タンクの普及に伴って明るいタイル張りの台所となり、「御衛門風呂よ、さようなら。タイル張りの風呂よ、こんにちは」。野良仕事での一日の疲れを癒す憩の場、ゆったりとした夫婦風呂などのキャッチフレーズで、面積を十分とってつくられた風呂が多く見受けられたのも、この時代の流行でした。

こうして着々と仕事を進めていけたのも、この地区の、池山利一西春農業協同組合長兼西春日井郡農業改良推進委員長、西春町鈴野町長、井上政治農務課長、井上一郎農協指導部長、西春町天野てい婦人会長各位の協力の賜物でした。

とくに西春日井郡西部地区駐在所の佐伯義紀先生はこの地域の名士であり、西春日井郡に就任させていただいた恩人であり、ご指導とご協力をいただいたことを心から感謝いたしております。

昭和三十八年四月一日付で愛知郡へ転勤を命ぜられ、十一年間の西春地区を後に、日進町役場を拠点とした、四町村の担当となります。

愛知郡を担当〝あばた道路〟にびっくり「指摘」

赴任早々、郡内町村長、同農協長で組織している愛知郡農業改良委員会の席上で就任の挨拶をする機会を与えられました。

日進町福岡町長から「この地に赴任されて、この地域の感想は」と聞かれ、私は「この地は、三河に隣接し、お人柄はとってもよい。しかし道路が悪いのにはびっくりしました。スクーターに乗って巡回していて危険を感じます。ここにはベテランの国会議員、県会議員が出ていらっしゃいます、もっと国、県へ陳情して道路を良くしていただいたらどうですか。穴だらけのデコボコの道にはまいりました」と挨拶しました。

日進町長は「それは前任者の浅野友子生活改良普及員がスクーターで穴を掘ってデコボコにしていかしたでね」と、なかなかユーモアのある回答をされ一同大笑いしたのです。

この浅野生改は体格の良い人で「縁は不思議なもの」、私の前任地西春町青春クラブ員でした。後日生改職を受験され、合格し生活改良普及員になられました。

結婚し出産のため退職され、その後任として私が赴任しました。

第二回愛知郡農業改良委員会にて問題提起

愛知県学校統計による〝学童の健康状況は県平均以下〟を指摘しました。昭和三十六年度（昭三十七年は未発表）統計による身長、胸囲、体重共に県平均以下であり、結膜炎の学童が多いことを指摘したので委員はびっくり。相当のショックを与えたようでした。

問題発見の動機は、豊明中学校で婦人会料理講習会実習中に、生徒が「缶詰の缶を開けて」と差し出しました。その学童のひ弱さと、休み時間中の校庭での学童のひ弱さに気付き、その場で先生に依頼して統計表を見て問題を発見しました。

この統計表を見て確信を得たのです。教職時に学校統計事務を担当した経験からです。学童の問題であり、農家非農家を問わず郡全体で取り組む必要があります。行政関係は農業委員会とし、予算は農務課、学校関係は教育委員会とし、相羽義一愛知郡教育長兼県教育委員、婦人関係は市川鉞子日進婦人会長県郡婦人会長兼郡農協婦人部長の方々を中心とし、四町村役員（町村長、農協組合長、教育長）、学校長、教育事務局、ＰＴＡ、学校栄養士、婦人会等役員会にて一同打ち合せ会を開催し、各々役割分担し、啓発実践に努めました。

啓発資料として、六つの基礎食品をわかりやすく三色ポスターにして郡内全戸に配布されました。この予算は町村から支出され、農業改良委員会名で啓発に務めました。当時としては莫大な予算でした。

このポスターは、カレンダー大で、用紙の上部二分の一は六つの基礎食品の絵柄とし、下部は家で食卓に出なかった食品に × を付ける形式にしました。これは母親への啓発の一助となりました。

実践活動が効を奏し次年度の学校統計は、県平均より上となり、関係役員の方々はじめ関係者一同安堵されました。当時の東郷中学校給食担当鈴木杉江栄養士は、生改活動に感銘され、生改普及員となり定年まで勤務されました。

県内生活改良普及員研修会開催

研修会開催にあたり最初に生改の中から発言了解を求められ、浅井先生は了解されました。A古参普及員は「深見生改さんは、私達先輩が十五人いますのに、全国新任者研修、東海近畿ブロック会議、係長会議に出席されていらっしゃいますが、どうしてですか」浅井先生は「私は知りません、課長に聞いてください」課長はにっこりされ、「これは農林省生活改善課からの指名付きです」代表者「わかりました」で、一同了解。後日、課長から聞いた話ですが、生改の学歴は女学校卒業のみで、私は女子専門学校卒です。農林省は学歴主義です。

研修では現地でどのような仕事をしているかを各自生改発表します。私は普及所管内の現状と問題点、その解決方法、その実践について発表し、「六つの基礎食品」の色刷りポスターについて説明し、効果を挙げたことを話しました。

助言者である浅井先生は「六つの基礎食品のポスターの色は何ですか？　田舎くさい！」と叱咤され、恥をかかされました。隣にいた毛受《めんじょ》課長補佐（生活改善兼務）は「ほう、良く出来た。県から予算が出ないが、町村で協力してくれるから生改の仕事も社会的に認められつつあるから頑張ってほしい」と激励してくださいました。

このポスターは郡内全戸に配布され、当時一町村十万円の予算であることを報告すると、皆びっくりしました。まだまだ物資不足の時代でした。

朝星、夜星の通勤帯を克服　愛知郡さらば

昭和四十年代後半、交通機関がまだあまり発達していない頃、名古屋駅前のすこぶる便利な所に住んでいました。勤務先への交通は名鉄バスのみで、始発時間が朝六時五十分、その時間帯は一時間に一本の運行、昼間時は二時間に一本です。名古屋駅から日進蟹甲まで約一時間半の乗車時間でした。

私は、自動車運転免許証を持っていましたが、交通のいちばん激しい名駅前の自宅からの自家用車での通勤は不可能でした。ハイヤーを時々使用するのが得策であり、安全でもあるという家族からの助言で、安心して勤務していました。

日本のデンマーク安城勤務となる

昭和四十年四月に人事異動があり安城へ。安城といえば「日本のデンマーク」で有名なところです。勤まるかしらと、不安な気持ちで赴任しました。

普及所の人達の人柄の良さ、尾張と違った雰囲気、三河の良さも味わいました。最初に驚いたのは言葉です。穏やかでゆっくりとしたものの言い方。〝ネーホー〟という言葉は、何のことかわかりませんでしたが、慣れると、なんとほのぼのとした、可愛らしい言葉かと思うようになりました。「あのーね」です。尾張は〝ナモナモ〟言葉で、その〝モ〟の語尾を強くします。三河は〝ネーホー〟で柔らかく、優しく感じます。

昭和四十年四月、条令の一部改正に伴い、広域活動となり、生改は安城二人、刈谷一人、碧南一人、知立一人の計五人が、週一回所内打ち合わせ会に集合し、仕事の進捗状況を話し合いました。互助精神を発揮し、全員既婚者で充実し、会はスムースでした。農家の主婦からも信頼を受けていました。私にとっては生改の黄金時代と言っても過言ではない時期です。

安城市桜井町を地域濃密指導地域と決定

桜井町東町濃密指導地域担当となりました。東町を調査し、その結果を纏めて「農家生活改善総合対策事業〝実情の収集と問題発見〟その一を発表しました。この結果を市長、農務課長、農協組合長、地元区長、婦人会長の方々、協議会で発表し対策を検討しました。いちばん問題になったのは、〝農林省大型機械実験農場〟の指定を受けたオペレーターグループです。

気乗りしないグループ員を説得し、安城更生病院で健康診断を受診した結果、農夫症と診断、特に男性の症状は重度でした。この問題の原因は「農林省大型機械指定」であるから、国の問題として提言する必要があることを進言しました。

この結果、農協長から「対策を考える必要はあるが、しかし時期を見て発表する」、と申し出られました。私は「公表しなくても個人に病院から連絡があり、オペレーターの存続は難しい」と助言し、委員からも「オペレーターがいなくなってしまう恐れがある」という発言がありました。

この対策を農協関係で協議した結果、農協事業として取り上げ、「労災保険」に加入させ、安心して仕事に従事できるようになり、家族ともども感謝されました。

以後、この問題が全国に波及し、全国統一されました。

このように問題を投げかけることによって、順次改善していきました。

昭和四十三年度には、安城市東町が「農林省農山漁村生活環境整備特別指導事業」としての指定を受け、計画を樹立しました。

委員会で計画発表し、協議会の席上、地域婦人会神谷春江会長は、「夢のようなことを言われますね。水洗便所ができますか？　それは名古屋に住んでいる人の言うことで、現実は不可能ですよ」と発言されたましたが、その会長が、いちばん早く住宅改善と共に水洗便所にされたのです。

この計画は、道路排水設備、安全センター、遊園地、集会場などの青写真でした。その後、東町は青写真が年次着々と実現され、近代的な設備になっていると伺っています。

子宮がん集団検診決定、晴れのち突如大嵐

赴任して二年目の昭和四十二年頃、愛知県厚生連広田郁枝保健婦が「県のがんセンター川島吉良先生の依頼で尾張部と三河部で子宮がんの検診をする地域を選定しているのよ。三河地域としてお願いできませんか。尾張部は西春町か日進町で予定していますが、人数が五百人ぐらいで、経費は無料、しかもスポイド方式ですから自分でできるから簡単よ」と話されました。私は「あら尾張部は前任地ね。三河部は桜井町を受け持っているから、農協婦人部長にお話してOKがでたら引き受けましょうか」と、約束しました。

桜井町神谷春枝農協婦人部長（兼婦人会長）に話したところ、役員会の席上で説明してほしいと言われ、説明に伺いました。役員は「それは良いこと、しかも病院へ行かなくても良いのがメリット、是非引き受けましょう」と、役員の賛同を得ました。希望者は六百人も有りました。「農協婦人部の事業として引き受けましょう」という桜井農協石川義純部長の発言で、桜井農協婦人部の主催としました。その後、すべて農協で行うこととし、連絡調整は市役所衛生課、管内保健所、医師会、管内厚生病院へ了解を取るように伝えました。検診の第一回は全員集めて、がんセンターの先生と厚生連の広田保健婦とで説明会を開き、次回は器具の取り扱いを説明することになっていました。

順調と思っていた矢先、農協石川部長から「病院長から、とやかく言われて困っている。止める訳にはいかないから直接がんセンターへ交渉に行くので同行願いたい」と依頼されました。川島先生の都合を伺いアポイントを取っておいたのですが、当日川島先生は手術中で面会することが出来ません、他の担当医から「更生病院長の反対を押し切って実施することは出来ません、この件は中止したいと、川島先生のお言葉です」と、冷たい返事が返ってきました。石川部長は再三院長との話し合いに足を運ばれましたが、受け入れられずやむなく中止することに決定しました。その時、院長が「この計画は誰が言い出したのか？その張本人をつれて来い」と言われたので、一度院長に会ってほしいと依頼され、院長に面会を求めました。

安城厚生病院院長の第一声！〝やることならん〟

「あなたが言い出した本人か。農協は中止した。希望者を厚生病院に来させなさい、費用は一人三百円。あなたは、どこの学校を出ているのか。医学の知識はあるのか」

院長の言葉にあっけにとられ、私は学校で教えて頂いた名大の先生の名前を並べました。学校での講義は、心理学杉田教授、幼児の発育と病気の予防、名大小児科長谷川教授、生理衛生学、名大花田先生、婦人衛生婦人科、酒向先生、手術見学の時は貧血を起こした友人、私は夕食が通らなかったことを話しました。

院長は「うーん、衛生知識はあるな、生改はかなり程度が高いな。今まで低いと思っていたが、生改を見直した。しかし農協は手を引いた、絶対にやらせない」と言われました。

私は「いいえ、この計画は、やってみせます、私は県職員です、知事の命を受けて仕事をしています。県民に迷惑をかけることは、どんなことがあっても許されることではありませんから」と言い切って部屋のドアを勢いよく開け飛び出しました。

当時、安城地区蜂須賀穣平係長からは「最後は県普及所でやるから心配しなくてもよい」と助言をいただいていたので安心していました。

自宅へは夜の七時半頃帰宅しました。

集団検診中止、婦人部長大憤慨

私が院長と面接して帰宅した日の夜十時頃、神谷婦人部長から電話がありました。「農協石川部長から中止の文書を受け取り、各支部長に配布してほしいと依頼されたが、私達の面子はどうなりますか、困っています」婦人部長の声は、怒りと悲しみでふるえていました。私は「明日は日曜日ですが十時頃、部長宅に伺います。各支部長を集めておいて下さい。検診は必ず実施しますから、その文書を止めておいて下さい」と、伝えました。神谷婦人部長は、その夜、悔しくて眠れなかったことでしょう。

翌日すでに十三名の支部長が待ち構えていました。「私達婦人会の信用はまるつぶれです。農協婦人部は脱退します」と、矢つぎ早やに発言されました。皆さんの興奮が覚めて、私は「県で実施するようにしますが、この文書については、組合長はどう思っていられるでしょうか。農協婦人部を脱退する前に、組合長のご意見をお開きになったらどうでしょうか」とたずねました。

神谷婦人部長は「それではこれから組合長宅に行って話してみましょう」と言って、全員組合長宅に伺いました。

神谷婦人部長は「この検診が中止のときは、婦人会の信用にかかわるので農協婦人部を脱退します」と切り出されました。組合長は石川部長から詳細を聞き、「仕方がないなあと思い、止むなく了解したけれど、この件はちょっと待って下さい。今日は日曜日です。明日一日待って下さい。その文書は止めておいて下さい。厚生連へ行って交渉してきますから」

さすが婦人部を代表する会長、しっかりした信念をもち、婦人部のために献身的に努力される会長に、皆さんは安心してついてゆかれることを力強く思い、私は家路へと向かいました。

月曜日午後三時頃、普及所に黒柳組合長から電話がありました。「喜んで下さい。検診が出来るようにしました。今、農林会館会長室から一番にお知らせしたくて。これから婦人部長と農協に知らせます」と、黒柳組合長の声は、はずんでいました。私は思わずうれし涙が出てしまいました。その時の組合長の第一声「喜んで下さい」という声は、今でも脳裏に焼きついています。

六百人の方が予定通りに検査を受け、その結果、疑いありが六名、さらに精密検査の結果、一名が手術をされ助かったと聞いています。

後日、婦人部から黒柳組合長は厚生連に行かれた時、〝懐に〟辞職願いを持って交渉されたと聞きました。組合長の心痛は如何ばかりであったでしょう。

安城を去ったあとも、時々桜井農協川澄明旺指導員が婦人部の方とともに桜井名産「胡瓜《きゅうり》」を持って職場に訪ねてきて下さいました。そんなときは、懐かしさと人情味ある三河の人々に、胸の熱くなる思いを抱いたものです。

農夫症の予防対策は〝新ふとん干し台〟から

昭和三十年代から四十年頃、奥田智子被服専門技術員が「暖かく安眠できる寝具の組み合わせ方」「わらぶとんの作り方」「機能的な農作業衣」「幼児の衣類の着せ方、重ね方」等々を、年々に研究実験され、生改普及員に指導してくださいました。日本家政学会においても、この実績が高く評価され、県立大学の非常勤講師もされた先生です。

私はこれを基に、生改として農家に普及浸透させていきました。桜井地区で私は、ふとん干し台の啓発に務めました。

研究されたふとん干し台は、六十度の角度で斜めにし、竿の長さで何枚も干すことができるものです。場所はあまりとらなくて、その角度は、日光の吸収率がいちばん高いことが実証されたものです。

グループ員で材木屋に行き、手頃な材木を集めて作ったところ、手間ひまと材料費がかかるので、専門店に依頼したらどう?という意見が出ました。担当地区内に鉄工所を見つけ、交渉しました。桜井鉄工所と記憶していますが、社長に作り方を説明し、試作品を二、三台作ってもらいました。それをグループ員に使ってもらい、問題の箇所があれば改良に改良を重ねていきました。

このふとん干し台が普及すると、同時に竿も組み合わせてほしいという希望が出てきました。ふとん干し台と竿をセットにしたところ、洗濯物干しも兼用できて重宝がられました。三河方面に大量に普及しました。

農林部奥田智子生活改善専門技術員は、定年退職後、県職員相談員として勤務されました。奥田専技は私に、「この三月で退職です。また、社会とのかかわりを持ちたいです」とおっしゃいました。私は、国家公務員関係基幹への勤務について話しました。奥田専技は退職後、家庭裁判所家事調停委員として勤務され大変お慶びになり、七十歳までお勤めされました。

私の担当地区である西春日井郡での〝三ッ折りのわらぶとん〟、安城桜井地区での〝ふとん干し台〟の普及は、奥田先生のご指導の賜物であり、成果を挙げたことを付記します。

2　かしこい消費者づくりに燃える――消費生活センター

かしこい消費者づくりに燃える――消費生活センター

昭和四十四年四月、センター設置企画部行政調査課辞令交付を受けました。愛知県庁に勤務するのは初めてです。周囲を見渡せば大変立派な人達ばかりです。廊下を歩いている男性は「六法全書に背広を着せたような賢明な男性」に見えました。農林関係ばかりで他局部を知らない私は、課長と名の付く方々は、すべてご年配とばかり思っていました。

農業技術課倉地生改専技と私が、庁内の階段を上りかけていた時、当時の農業技術課広谷課長に出会いました。挨拶した直後、行政調査課奥田課長とすれちがい、倉地専技にきかれました。「いま挨拶した、お若い人、石原裕治郎さんに似ている方ね。どなた……」

私は「私の課の課長よ」。倉地専技は「ええっ、本当！　あんなお若い方が課長？　おいくつ？」。私は「さあ三十六〜七歳くらいかしら？　本省からおみえになった東大卒の方よ」倉地専技は「うわあ、いいわねえ、仕事を理解してもらえそうね」。

その時、私は何となく優越感を覚えたのでした。

消費生活センター設立準備開始

消費生活センターで行う主な事業は次の通りです。
一、消費者苦情相談
二、商品テスト
三、消費者教育　①講演会　②一日教室　③グループ教室
四、啓発展示コーナー

五、センターニュースの発行等

私の主たる担当は消費者教育、副として展示コーナーを受け持ちました。教育関係として講座カリキュラム構成及び外部講師選定の原案作成、その他外部要請はグループ教室とし、講師はセンター職員としました。

本課内の人間関係を何も知らない私は、見るもの聞くもの珍らしいことばかりで、緊張の連続でした。何も知らない私は、庶務担当主査から教育講座講師一覧表を渡され、説明を受けました。その資料により講座開催講師の決済伺いを出しました。次長までは「ご苦労さん」と言われてスムースに決裁がおりましたが、課長で留まっているので、不思議に思い、私は「どこがいけませんか？　教えて下さい」と直訴しました。課長は「講師をもっと広い視野で選定してほしい」と助言されました。その時、隣の次長が「評判の良い講師で良いですよ、と僕が言いました」と助け舟を出してくださいました。課長は仕方なく印を押されました。

決裁簿を渡されると同時に、課長は「この事業は婦人関係がいちばん大事であるから庁内の教育委員会の婦人担当河合田鶴子さんに挨拶されると良いですよ」と、助言をくださいました。早速、挨拶に伺いました。河合先生の第一声は「あなたは何科ご卒業ですか」

でした。この第一声に私の体はビビッと来て、質問のスマートさに感動しました。私は河合先生を尊敬し、それ以来生涯の親友です。また、講師関係は教育委員会名簿から県外の教授を選び、積極的に講師として依頼しました。

当時の私は「井の中の蛙、大海を知らず」でした。

全国消費生活コンサルタント養成講座受講

消費生活センター開設に伴い、私は消費者教育に必要な専門知識を身に付けるための(財)日本消費者協会コンサルタント養成講座を受講することになりました。

私は以前の生改普及員の経験を基にして、「食品添加物が人体に及ぼす影響」というテーマで論文を書きました。

論文を出すには、当然上司の決裁が必要です。行政課長に提出し、課長は一読され「良く書けているよ」と、一言おっしゃいました。

その時、私は、ほっとした気持ちで一瞬、肩の荷が軽くなりました。生改職の時とは百八十度の転回で、私は将来能力を発揮出来ると大変うれしく感じました。

いよいよ二か月間にわたる長期講座開始。昭和四十四年七月から受講を開始し、受講生のうち約三十パーセントは各県生改の職員で占めていました。題目は次の通りです。

Ⅰ、消費者問題を知るための講演

Ⅱ、消費者問題に対する具体的対応、講義と実習

講義、実習、その他の内容については省略します。

講座中の参考図書を新宿の紀伊國屋書店で購入し、夜明けまで読みふけっていました。職場からも、家庭からも解放され、良い環境で勉学に専念でき、充実感を味わったことは言葉に言い尽くせない喜びとなり、センター開所の使命感に燃えた頃でした。

養成講座の宿泊寮は、「愛知県新宿寮」です。新宿御苑の近くにあるこの寮を使用できるのは、主として愛知県知事、他部長、愛知県議会議員その他長期研修の県職員と定められていました。

この新宿寮は戦前の木造旧家で、庭園を中心とした廻り廊下があり、池の鯉を眺めながら心安らぐ寮です。この寮で研修期間中、毎日のように県幹部の方々はじめ県会議員の先生方とお会いする機会を得ました。議員先生からは陳情の話を聞き、それが私の心の宝となりました。印象に残っているのは、当時私の住居である町内、名古屋駅前の橋本県会議

長（後に参議院議員）、すぐお隣の野村民生部長です。お二人とも、びっくりされました。

新宿寮でお会いした女性県会議員田中いと副議長と再三お会いするうちに、「愛知有識婦人クラブ」への入会をすすめられ、入会しました。その他、県会議員服部勝尾先生ともお会いし、有識婦人クラブの定例会にはご出席になり、親しくさせていただきました。

この有識婦人クラブがご縁で、労働省関係で高橋展子元デンマーク大使、森山真弓文部大臣、赤松良子労働省婦人少年局長はじめ、さまざまな方に出会いました。新宿寮の先生方との出逢いによっても、私のスケールが大きくなり、大きく羽ばたける原動力となり今日に至っております。

消費生活センター見学者の一齣

農村生活改善グループ員五十名、生活改良普及員同伴。

昭和四十四年十二月頃、消費生活センターを見学に訪れられたときの話題
(1) 消費生活センターの役割について　奥田所長（企画部行政調査課長。所長兼務）
(2) 展示コーナーの説明　深見教育担当主任
展示コーナーには、衣食住の関連物品が展示してあり、出席者には現物をそれぞれ手に

愛知県消費生活センターにて見学者に商品表示の説明（昭和 45 年 10 月）

取って、表示を読んで、本人が納得して購入することを体験していただきました。

当時、こんな実例がありました。

消費生活センター窓口に、消費者から「今朝ケーキ専門店で買って参りました、バームクーヘンにカビが生えていました」と商品が持ち込まれました。消費生活センターから早速製造元へ問い合わせました。製造元の会社からこんな回答がありました。「当社は消費者に判らないローマ字と数字の混合文字で表示してあり、消費者には判りません」と、返答がありました。

このことについては消費生活センターから直ちに公正取引委員会（内閣府の外局の一つで、独占禁止法の目的を達成するために設けられた行政委員会）に申し出いたしました。

今から五十年前の事柄ですが、令和を迎えた今日、半世紀を経た現代、隔世の感を感じ得ません。

引率してきた生活改良普及員から、「深見さん、転勤して良かったねえ。まるで太平洋の真ん中で自由自在に、のびのびと水泳しているようですね」と喜んで祝福していただきました。その時の生活改良普及員の喜びの笑顔が忘れられません。

県民の要望が多く予算不足

センター開設当初は、各市町村婦人会役員が見学に訪れました。一般婦人層にも浸透させたいという要請があり、各市町村の要望に応じ現地に出張しました。

この時、センターの庶務の小出係長から旅費予算が無いので総務部の公用車利用をすすめられ、私は大喜びで承諾しました（運転手付きですから安心でした）。

当時、食品添加物への関心度が高く、展示用の食品サンプルを業者に委託しました。実に巧妙な実物のような色合いの美味しそうなサンプルができてきましたが、盛り付ける器がありません。空き箱に盛ってみましたが、あまりにも貧弱で食欲が出ません。我が家から姑の許しを得て、三重の重箱、紋入りの徳利、紋入りの高膳を、自宅から持参しました。食品サンプルを盛り付けて展示し、見学者の関心の高い食品添加物の説明をしました。見学者からは「容器が素晴らしい」と、感嘆の声があがりました。

後年、『愛知県昭和史下巻』に、県消費生活センター展示品コーナーで説明している私の写真が掲載されました。これは、消費生活行政を担当した私にとって、末代まで残る宝物です。

昭和四十六年度から、県民の要請に応えて上級講座一年コースを新設しました。講座内容は、消費生活コンサルタント養生講座カリキュラムに従ったものです。

上級講座受講条件

1、消費生活講座修了生

2、上級講座一年コース皆講出来る者

3、行政及び各関係機関で相談員になれる者

4、受講生は感想文（論文）を提出すること

上級講座修了証書交付騒動

消費生活センター開所当初から実施している消費生活講座（十回コース）皆講者には、センター所長名で修了証が授与されます。上級一年講座皆講者には、県知事名で授与できるように公文書伺いを生活課に提出しました。しかし却下され、「前例のないことであり、担当者から法務文書課に理由説明をしてほしい」と、生活課から指示されました。

なぜ県知事名が必要かというと、受講生はすべて県費予算で受講し、旅費は自己負担。受講者は市町村民の代表者であり、受講した知識を県民に還元する必要がある。消費者行

政は歴史が浅いということが理由としてあげられます。

市町村長に必ず修了証書を持参し、挨拶すると共に、市町村窓口に相談員を設置する必要性があることを説明し、消費問題の啓発に務めることが急務であると、文書課担当者に意見を申し述べたところ、担当者は「消費者行政は歴史が浅く、前例の無いことであるが、許可する」と決裁が下りました。

早急に上級講座修了生を採用された行政機関は、名古屋市消費生活センター、県東三河センター、西三河センター。そのほかも除々に市役所の相談員として採用されました。

市町村以外の企業第一号（知事修了証書）は名鉄百貨店職員に採用されました。私は「県民すべてが消費者である」との信念でいましたから、相談窓口を歓迎しました。

国セン主催消費生活相談員養成講座地方開催計画の情報

昭和四十八年一月頃、国民生活センター（以下国セン）主催の消費者行政担当者研修会に参加した私は、「消費者講座のカリキュラム構成と、その展開の仕方」について発表の機会を与えられました。

問題提起として、消費生活上級講座（一年コース）修了生の活用方法を、地方自治体として検討していくことを提案しました。

その時、国センの山口係長から「来年四十九年から消費生活相談員養成講座を開催する。第一回は東京に決定、第二回は大阪か福岡で地方開催の計画がある」という情報を得ました。

名古屋での開催は？　国セン山口係長に尋ねたところ、「大阪ですよ。名古屋で開催したい意向があれば、経済企画庁（略経企庁）消費者行政課へ陳情したらどうですか」。決定権は経企庁消費者行政課長であるから、と国セン山口係長から情報を得ました。

国センで得た情報を、当消費生活センター永田所長に進言し、続いて生活課渡辺課長に話し、「名古屋誘致」の了解を得ました。

いよいよ経済企画庁消費者行政課への根回しです。さて、経企庁への陳情方法は、本省とのパイプ役には、本省から本県に勤務している職員方が有力と考え、前生活課田上課長（当時地方課長）に依頼しましたところ、私の目の前で経企庁消費者行政課長に電話をしてくださり、上京する運びとなりました。

待望の経企庁消費者行政課長に陳情です。最初に及川課長に挨拶、その課長は大変お若くて品格のある物腰柔らかい優しい方でほっとしました。

挨拶後、担当の課長補佐からいろいろ尋ねられました。さすが本省の方々の質問はなかなかシビアです。第一点：研修会場は確保できるか。第二点：人数は集まるか。第三点：修了後活躍場所はあるか。受け入れ態勢はあるか。第四点：予算は二分の一負担であるが大丈夫か。これらの質問に対しての私の答弁は、次の通りです。

第一点：会場は中小企業センター内当センター。第二点：人数は全国募集であるから、他県を優先したあとに、本県を入れることを了承する。第三点：講座終了後の市町村受け入れについては、相談窓口を置くよう積極的に啓発する。第四点：予算については、県は出す自信がある。

課長補佐から、予算について自信があるのみでは困る、とたたみ込まれたので、私は特別予算を組み入れるように依頼してあります、と説明。それに対して補佐は、もし特別予算を県が組み入れなかったらどうするのか、と言われました。総務部奥田次長はセンターの初代所長で理解があり、地方課長時代には、センターの予算が少ないからと、貯蓄推進から予算をいただき、年々講座を開催し、東京から有名な講師も招いていることを説明しました。また、田上課長も現地方課長ですから同様です。お二方は、現在総務部次長に、地方課長も自治省のご出身とお聞きしております、とお話しました。

補佐はにっこりとし、リラックスされたときに、私は「国センの養成講座ができなければ、通産省の消費生活コンサルタント養成講座を名古屋でお願いする予定です」と言いました。補佐は「それほどまでに言われるということは、もう受け入れ態勢ができていることと解釈してもよいですね。しかし、このことについては、関係機関と協議して決定します」と言われました。

緊張しているところに及川課長がにっこりされて私のかたわらに来られ、補佐の隣に座り、「話は終りましたか、時に……」と、話を他に移され、いろいろと参考になるお話をいただきました。

その後、国センの山口係長から「経企庁がOKを出せば大丈夫、予算については全額国費だから心配ないよ」と知らされ、ほっとしました。

決定するまでは心配で年休を取って再三上京し、情報をとらえ陳情しました。

愛知県に待望の国セン主催の養成講座（国家資格）

昭和五十年七月二十一日、消費生活相談員養生講座開催。受講生は大阪府、岐阜県、三重県が優先され、愛知県は二十七人です。

私も講師陣の一員として、教科目「相談の実態と相談資料の分類整理の方法」を国センから依頼され応じました（私は教員免許有り）。

講座終了間近に、各推薦を受けた市町村長にお礼かたがた、相談員の採用を依頼しました。担当課職員は「新しい条令であり承知はしている。一人採用する予定です」という情報を各市町村から得ました。また、修了生の就職先について、県内の主要官公庁、公正取引委員会、愛知労働局、東海農政局、中部経済産業局、名古屋家庭裁判所などの関係機関に依頼しました。

結果終了生すべて相談員として関係機関に採用されました。終了生のなかには保護司、調停委員を兼務され、七十歳で叙勲されて感謝された方もいます。

愛知県内修了生は百パーセント就職達成しました。経済企画庁、消費者行政課、国民生活センター、本県生活課、同消費生活センターの方々に心から感謝申し上げます。現在、国家資格となり全国の行政、また百貨店に勤務されています。

第二期国民生活センター消費生活相談員養成講座を回顧して　終了生代表　鈴木茂子

私達が憧れ、待ち望んだ国民生活センターの消費生活相談員養成講座が、名古屋市に誘致され、愛知県消費生活センターで実施されたのです。そして修了証書を手にしたのは、昭和五十年の夏も終る九月上旬のことでした。

開設決定が深見先生から報告された時、私達は一瞬耳を疑いました。そして事実が確認された時、文字通り欣喜雀躍。その喜びは生涯忘れる事は出来ません。

養成講座は一期東京、二期名古屋、三期東京、四期大阪の順序で開講されましたが、名古屋の場合、地方への巡回講座の一環としての実施ではなく、誘致までの過程には紆余曲折苦難の満ちた、深見先生の御努力のあった事を私達は銘記しなければなりません。

私達も県から委嘱され、ボランティアによる在宅相談にあたりましたが、相談内容は既に複雑多岐に亘りかなりの専門的知識がないと処理できない状態になっていました。ボランティア活動には限界もあり、専門相談員をライフワークとしたいと考えたのは私ばかりではありませんでした。

東京・大阪に開催される養成講座は全く垂涎でした。しかし家庭の主婦の長期の留守は費用等と相俟って容易に許されるものではありません。同じ志の友人と共に名古屋への養成講座の誘致を幾度か行政に陳情しましたが、結局は実現不可能な悲願である事を思いしらされるのみでした。

しかし深見先生は私達の意図するものを深くお汲み取り下さいました。先生は、客観情勢から、相談員の相談業務・或は消費者啓発から寄せられる基礎情報の蓄積が大きく消費者行政に寄与する事をいちはやく察知され、質の高い多くの相談員の養成に着目されました。

まず手はじめとして、相談担当者には綿密なカリキュラムをもつ養成課程を経て、それにもとづく資格を与える必要性を、担当行政に説いて廻られました。先生の広範囲の知人の、しかるべき方々を説得、協力を求め、極めて積極的に、行動的に、障害をのり越え、不可能を可能に導き、とうとう国民生活センターの養成講座誘致に成功されました。受講者は終了後、市町村の相談窓口に或は県の消費生活センターに、それぞれの業務につきました。この講座が契機となり、市町村の相談窓口は次第に拡充されていきました。先生の卓抜した見識と行動力が、県の消費者行政の質的向上に大きな役割を果したのは確実な事で、事情を知る私達はその大きな業績を絶賛して止まないのです。

その後私達は全養成講座修了者と、全国的なネットワークを結び、国民生活センターからの温い指導を受け、豊富な処理情報の提供を得て事案の検索等に有利に活用しています。最近は契約、販売方法等のトラブルが激増し加えてとみに拡大したクレジット問題が複雑にからみ、苦情処理には高度に法的知識も必要となりました。相談員の対応能力が今ほど問われる時代はありません。養成講座ではむずかしい民法・消費者保護法の講義であけくれましたが、現在の救済訴求に役立つ事を深く感謝しています。

六十年九月に行われました「クレジット一一〇番」私達全国修了者の自主活動は高い評価を頂きました。プロの集団でなければ不可能なボランティア活動であったと自画自賛しております。

この上も益々研鑽を積み、先生の御恩に報い、御期待に添いたいと念願しています。晩学の私に心豊かな人生をお贈り下さいました先生には常に厚い感謝の念を捧げています。

この感想文をお寄せいただきました鈴木茂子会長様には心から感謝申し上げます。

消費者教育から、消費生活相談担当となる

昭和五十年四月に消費生活相談担当となりました。受付は主として嘱託消費生活相談員が行い、処理は行政職員が行うシステムになっています。当時の相談内容については新聞記事から一例を紹介します。

○相談《短く直し過ぎた既製ワンピース》

アドバイス＝「床からXセンチ」と注文しよう。

○相談《なめたら塗料が溶けたおもちゃ》
玩具製造元不明STマークなし
アドバイス＝消費生活センターテスト結果による食用色素でよかった
○相談《炊飯器の内ガマにブツブツ》
アドバイス＝樹脂加工のせいか？「米とぎは別の容器で」とメーカー
毎日新聞「婦人手帳」（昭和五十年五月十日〜七月五日）より抜粋
この連載記事は、消費者から図書として発行してほしいという強い要望がありましたが、予算がなく見送りました（第一回）。
○電気毛布を使う時の心得
朝日新聞（昭和五十年七月四日）
○底の破れたサンダル　合成ゴムの混合の不良
中部読売新聞（昭和五十年七月二十九日）

昭和四十五年頃から買物の目安として、食品の有効期限、添加物をはじめとし、JAS、JIS、電気製品、繊維製品等の国家規格表示を確認できる「消費者手帳」を、買物のお供にハンドバックに入るような小さな手帳にするように消費者から要望されました。

原案を作成し本課に要請したところ予算無し。消費者手帳をつくりたい一念で、生改時代にお世話になった地方課の貯蓄推進委員会に依頼したところ、良い返事をいただきました。

二、三日後、生活課長から「本課で印刷するが、センター名は入れない。それでよろしいか」と尋ねられた。私は「県民が喜ぶことですから結構です。喜ばしいです」と、喜んで承諾いたしました。

アメリカ西海岸を旅して

昭和四十九年十二月二十五日から五十年一月三日までの間、県共済組合主催のアメリカ旅行に家族全員参加しました。夫と娘と私の三人。私はアメリカの消費者問題について関心をもっていたので、その一端でも知ることができればと思ったのです。

外国へ行くのは初めてです。サンフランシスコ、ロサンゼルス、ハワイといったコースです。

空港到着後、別室で出迎えの領事館の方々から市内の説明を受けたのですが、なにぶん時差の関係で半分居眠りをしていました。質問の時間になってやっと眠気から覚め、私はアメリカの消費者問題についてたずねました。さすがアメリカは消費者問題の発祥地、ケネディ教書が引用されて回答されたのにびっくりしました。

サンフランシスコでの印象は、雨上がり霧のゴールデンブリッジの素敵なこと。美しい街並木、モダンなワゴン車でお花を売っている風景など、とっても美しく名古屋では見受けられない眺めでした。雄大な土地と建物の立派さにただ驚くばかり、街行く人々のカラフルな服装などはそのまま絵になる有様でした。

のんびりと公園のベンチで話し合っている人々、足早に歩いているのは日本人ばかりです。名物のケーブルカーに乗ってフィッシャーマンズワーフへと向かいました。娘は時々、アメリカ人と話をしていました。英語の勉強をしたいと、はりきっていたようです。

ロサンゼルスにあるディズニーランドにも行きました。「未開の国」ではノーチラス号で深い水の中へ、何となく冷たさを感じるから不思議です。北極海を潜水気分になりました。「おとぎの国」ではボブスレー体験。マッターホルンの山頂から急滑降のスピードに陶酔、ふらふらに。次は「開拓の国」。〝ビッグサンダー鉱山列車〟で岩が転がり落ちてくる荒野を走り、とっても楽しい一日を過ごしました。

ディズニーランド訪問は、後日、国際児童年を担当するに当たって大変参考になったことを付記しておきましょう。

愛知県消費生活センター尾張支所開設

昭和五十一年六月一日に尾張支所を開設することになり、その準備として四月一日に尾張支所長の内示を受けました。

内示を受けたときは喜ばねばならないのに、私は未亡人かハイミスか、一人で自立している女性に見えるのではと、恥ずかしい反面、責任もあり判断を下すことの多い仕事で不安もあったのです。

当時の所属部の新美企画部長が、「心配することはない。企画課でいちばん優秀な筒井君がいるし、知事が国際婦人年を意識して女性を起用したのだから」とおっしゃいました。また、「鶏口となるも牛後となるなかれ」という諺で私を諭してくださいました。数年後、私も同じような立場になって、やっと新美部長お気持ちがわかるようになりました。新美部長には大変ご迷惑をおかけし、心からお詫びする次第です。

六月一日、消費生活センター尾張支所は一宮市ルボテンサンビル八階に開所しました。

開所式には、仲谷県知事、森一宮市長、森田商工会議所会頭、植手愛知県地域婦人会長、橋本参議院議員、栗田県会議員などから祝辞がありました。
午後には、消費生活講座も続々と開講しました。

消費生活講座に七十歳の高齢者が受講
明治の女性はがんばり屋　講座七月開講
女学生の気持ちになって
尾張支所で皆出席　商品知識を身につける
愛知県知事修了証書胸に抱く田原さん

（毎日新聞　昭和五十一年十一月十三日）

この女性は、支所へ「女の支所長さんだそうですが、どなたですか」と尋ねていらっしゃって、いろいろと話をしているうちに、講座を受ける決心が付いた、と言われました。

医学博士・荘淑旂先生を講師に尾張支所開設記念

昭和五十二年度に県貯蓄推進委員会の予算で特別講座を開催することになりました。

最小の予算で最大の効果を上げたいと思っていた矢先、県婦人文化会館の河合田鶴子事務局長から「荘先生をお招きしての講演会は大変好評であったからどう」とおっしゃっていただき、荘先生をご紹介いただきました。

私は「予算が限られているので無理でしょう」と言いましたが、河合先生は「心配なさらずお願いしたらどう」とおっしゃってくださいました。

荘先生は美智子妃殿下の健康コンサルタントをなさっている著名なお方であり、私は予算が少ないので心配していましたが、荘先生は「私は一人でも多くの方がガンを未然に防ぐことができればうれしい。予算については心配されなくてよろしいです」とおっしゃって、快く引き受けてくださいました。

演題は「これからの食生活と健康管理」

第一回尾張支所　昭和五十二年五月十日

第二回平和長　昭和五十二年九月二十一日

第三回犬山市　昭和五十二年九月二十二日（午前）

第四回岩倉市　昭和五十二年九月二十二日（午後）

以上、四会場で開催しました。

各会場で受講生を募集いたしましたところ、二、三日で定員オーバーとなってしまいました。受講生の中から「日本語で話されますか、通訳付きですか」と質問が出ましたが、流暢な日本語で、きれいな言葉で講演されましたから、皆さん感心して聞きほれていました。

各会場とも盛況で、とくに平和町では、新庁舎の記念行事として役場においての講演でした。当時の町長が「町始まって以来の出席率です。こんなに多くの方々にご参加いただいてうれしく思っています」と、挨拶されたのを覚えています。この平和町が成功裡に終わったその陰には、消費者グループ児玉照子会長のご尽力がありました。

また、岩倉市は植手かま婦人会長、犬山市は消費生活研究会佐藤担子会長のご尽力によるもので、ここに感謝申し上げる次第です。

その後、再び荘先生と五十四年国際児童年の行事でお会いする機会を得ることができました。

なお、美智子妃殿下の健康コンサルタントでいらっしゃることは、昭和六十一年一月の「女性自身」に発表されるまでは公表されていませんでしたから、念のため申し添える次第です。

愛知県会議員総務企画委員の視察

尾張支所が六月にオープンし、その後着々と事業を展開している最中、八月頃の熱い日のことです。県の施設の視察にと、この支所へ白羽の矢が立てられました。私はもうれしくて、委員の先生方の質問にしっかりお答えしたいと、胸をふくらませて待機していました。男性に言わせれば、委員会等の質問がいちばん苦手であるといいます。私は反対に、どの先生がどの程度の質問をするのか興味があったのです。会議は形通りの概要の説明を終わり、現在の苦情の傾向について具体例をだして説明をしました。

次は物価について、横江委員から「スーパーと小売店についての価格の比較をしたことがあるかね、僕は調査して知っているが、支所長はその点どうかね」と、とっさの質問です。私は「先生は本当によく勉強していらっしゃいますね。私は未だそこまで勉強していませんので、今後先生にご指導をお願いします」と申し上げたところ、委員の先生方がどっとお笑いになったことを覚えています。

最後に委員長から「本日は女性の支所長で、本当になごやかな雰囲気で大変良かったです。今後も頑張ってやってほしいと思います」と、激励の挨拶をいただきました。

女性の特技でしょうか。でも内心では「いや、そんなふうには受け取られたくない」と思いました。

支所から、尾張消費生活センター昇格裏話

消費者協会尾張支部長はじめ役員の方々が会合の都度、「西三河、東三河、県センターの三センターに比較して利用率が高い、尾張支所にもテスト室を設置し同等の機能を果していきたい」と、各団体に呼び掛けられていました。

一宮市長は早速県上層部にその情報を話されました。市長は私を市長室に呼び、「尾張支所を昇格するについて、管内市町村長会でも話題となり、消費者協会尾張支部植手支部長（当時市会議長）から相談を受けたので、知事に陳情することが必要である」と話されました。私は「昇格については植手支部長から内々お聞きしています」と答えました。市長は「岩倉市会議長であり消費者協会支部長であるから、種々手続きは安心だと思うから、紹介者は一宮市の栗田県会議員にお願いするとよいと思うどうかな？」と相談され、私は「市長さんのご指導通りにさせていただきます。政治の世界を教えていただき有難うございました」と、市長室を退席しました。生改当初、国会に陳情した経験があり、政治の必要性を痛感していました。

本課の課長から支所長宛に電話がありましたが、一宮市長に呼ばれて席にいないので主査が電話を受けました。課長は「消費者協会からの情報によると知事に陳情するようだが、絶対に止めるように支所長に伝えてほしい」と、主査から報告を受けました。

早速所内会議で、電話を受けた主査は「陳情書を知事に提出することを止められていることについては僕も同様であり、県に矢を放つことになるので県職員としては絶対に出来ない」と、きつい発言をされました。私は「陳情書については、尾張支所から言うこともない、また依頼されることもない、依頼することもない、ですから安心して職務に専念して欲しい」と伝え、職員を安心させました。「県職上司からのいじめ」と聞いています。

陳情書は上手にまとめられ、紹介者である栗田県議はじめ尾張支所管内の各婦人団体代表者十八名は、愛知県知事公社にて知事に陳情書を渡し、お願いされました（私はキャッスルホテルで待機）。

陳情の帰りに、駅前のキャッスルプラザホテルでみなさんに昼食をお出しし、労をねぎらいました。このことが動機となり婦人団体の意識が高まりました。

愛知県岩田副知事からの教訓

昭和五十一年四月一日、県センター尾張支所長を命ぜられ、一宮在住の岩田副知事に挨拶に伺いました。副知事は気さくな方で、まあまあと椅子にすすめられるままに掛け、副知事から管内の名士の方々の様子を伺いました。

最後に副知事は「深見君、どんなことがあっても、名士とは喧嘩するなよ。忠実に聞き入れておくことだよ」と、一宮在住の生粋の尾張弁で諭して下さいました。

前述しましたが、尾張支所の昇格については、本課からは「陳情するな」と再三きつく言われ、一宮市長には「陳情せよ」と言われ、私は板ばさみの状態でした。

しかし、岩田副知事の教訓通り、一宮市長の進言に素直に応じ、平穏無事に難局を乗り越えることができました。これは偏に岩田副知事の教訓の賜物であり、心から感謝いたしております。「郷に入れば郷に従う」の格言通りです。

毎年出席した消費者セミナーと全国婦人のつどい

年休を利用して「全国婦人のつどい」に出席しました。私にとってはこの消費者セミナーが何より新しい情報源でしたから、毎年出席していました。

また同時に開催される「全国のつどい」も同様で、大変有意義な情報源となっていました。これらの情報を消費者教育啓発資料としました。

海部文部大臣を表敬訪問

消費者協会尾張支部植手支部長、尾西市婦人会野田会長に誘われて文部大臣を表敬訪問した時でした。私がこの機会に同行したのは、大臣に関心があったからなのです。廊下の赤じゅうたんを踏んで大臣室に入るや、海部《かいふ》大臣のふっくらとしたお顔にトレードマークの水玉のネクタイが目に入りました。

形通りの挨拶が終わり、秘書の姿が消えたとたん、大臣から尾張弁が飛び出しとてもリラックスした気分になりました。地元選出の先生方とは気さくに語り合えます。「お隣のきみさまは元気でね……」と野田婦人会長と話し、私に話を向けられた時、私は「先日大臣が橋本県会議員の応援演説中に、『富士の高嶺に降る雪も京都先斗町に降る雪もとけて流れりゃ皆同じ』にたとえての講演が忘れられなかったこと。また、私が普及員当初、国会に陳情に伺った時、河野代議士の秘書として学生服の先生は好顔の美青年であったこと」などを楽しく話しました。また、中学時代に友達と遊ぶ時、必ず箸をマイクの代りにして三木先生のものまねをされ、周囲から「俊ちゃんアンコール」と言われる程演説がお上手とか、中学時代から代議士にと志をたてていらっしゃったとかお話したところ、海部大臣は「そんな古いことを知っている方はどなただろう……。参ったなあ……」その時私は「近所のおばさんと言えばおわかりになるでしょう」大臣は「ああ、わかった大海寿美子さんだ」とずばりお当てになりました。大海さんは、愛知有識婦人クラブに私が入会した当時の会長でした。

その後再び文部大臣にご就任。また内閣総理大臣に就任されました。その後お会いしたエピソードは後述します。

安倍晋太郎外務大臣は「わたしに会いに？」

安倍晋太郎大臣は、現総理大臣のご実父です。こんなエピソードがあります。それは自民党総務会江崎会長を表敬訪問した時でした。

自民党本部の廊下を植手婦人部県連会長と一緒に歩いていた時、ちょうど安倍外務大臣が部屋から出ていらっしゃって、「私に会いに来てくださったのですか」と胸に手をあて、とても優しい仕草でおっしゃるのです。

私はとっさに「あら先生こんにちは、いつもテレビ、新聞でお目にかかっています」と挨拶しました。先生は「今日はどちらへ」、私は「はい、お隣の総務会長江崎先生のところへ」安倍外務大臣は「ああそうでしたか」私は「安倍先生にお目にかかり親しくお言葉をかけていただき大変うれしゅうございます。エレベーターのところまでお見送りさせていただきます」と、ご一緒にエレベーター前まで行き、握手をいただきお別れいたしました。柔らかい手の温もりを感じました。

その時の服装は、植手局長はミンクの半コートがよくお似あいで貫録があり、私はちょうど購入したばかりのラム（小羊）のコートに帽子をかぶっていたので、二人とも少しは貴婦人に見えたのかしら……。

それ以来、安倍大臣のお姿をテレビで拝見するたびに、そのひと時が懐かしい思い出となって忘れられません。いつの日か総理大臣になられることでしょう。昭和五十二年一月のことです。令和の時代となり、ご長男の安倍晋三様が総理大臣として長期政権を担っていらっしゃる今日です。

江崎総務会長を表敬訪問

江崎会長とは、昭和三十九年頃、防衛庁長官の時、私は生改職として愛知郡担当の時にお目にかかったことがあります。尾張支所は一宮市で先生のお地元です。江崎先生と植手婦人局長とお話し中に電話がひっきりなしに入り、秘書も困った様子でした。自己紹介にとどまり、表敬訪問を終えました。後日江崎先生から丁重な書状をいただきました。その後も再三仕事の関係で御指導を受けました。詳しくは後編で記述します。

愛知県尾張消費生活センター次長辞令

昭和五十三年四月一日付で、愛知県尾張消費生活センター次長の辞令を受けました。職員は五人から九人となり、次長職は出納員とテスト担当の責任者です。

センターには、立派な機械が備えられ、それを操作する役目も負いました。昭和四十九年頃、衣料管理士制度が発足し、私は相談担当でした。また、学校は被服学科を卒業しているので、知識と経験をとり入れて「衣料管理士のビジョン」というテーマで論文を提出しました。数か月後「財団法人衣料管理士協会会長名」の大阪の合格証書が送られてきました。この証書でテスト担当になったのかしら、と思いました。

新聞の「愛知県職員人事」の欄にこの人事異動が載ると、各新聞社から問い合わせが続出しました。

「何か悪いことをして、降格になった？」

「国際婦人年と呼ばれる中、この有様は？」

「所長から次長となった理由は？」

婦人団体からも同様の問い合わせが続出しました。新聞社から本庁の本課へ問い合わせがあり、前支所の支所長と次長は同格であることを説明されたようでした。

尾張センターへ本課の課長から電話で「婦人団体等に余計な陳情をさせたからだ！」と叱責されました。私は、いろいろ雑音が入っても職務に専念していました。


元農林省山本生活課長の依頼で日本ヒーブ会議に出席

トータルライフ研究所山本松代所長（元農林省生活改善課長、イギリス大使館参事）から、日本ヒーブ会議へのお誘いを受けて出席しました。その時感想を求められ、寄稿したものを紹介します。

「アメリカと日本の差」

第一回トータルライフフォーラムが東京と大阪において開催されました。私は「変貌する企業環境、消費者問題への対応と実際」というテーマを見て、なんと素晴らしいユニークで魅力のあるフォーラムだと感心しました。

●アメリカヒーブの歴史と現代

S・セントマリー女史、Z・コールソン女史の講演によると、アメリカのHEIB（ヒーブ）の歴史は古く、一九二三年にアメリカ家政学会の職業分野の一文化として独立しており、しかもヒーブは大学で家政学を四年間専攻して学士号を持った者、またはそれ以上の学位を有している人達で、現在三千名の人が活躍しているとのことでした。

またアメリカでは製品、販売に女性の意見を積極的にとりいれているとのことでした。そしてこうしたやりかたは企業及び家庭の主婦にとっても良いことを生み、消費者のためにも利益をもたらす重要なサービスであるとも言われ、「消費者の利益なくして企業の利益はあり得ない」と力説されたことが印象的でした。この二人の女史は、プロとしての自覚と家政学士としての誇りを持って活躍していることが、話の端々に見受けられました。学識と経験が豊富で、男性と肩をならべて大いに能力を発揮し、責任と義務を遂行しているという感がありました。特に、アメリカのヒーブの発展を支えているのは、大学（家政学）と企業（実社会）とが密接に結ばれていることで頼もしく感じ、それに比べ日本は半世紀も遅れているように思いました。

愛知県尾張消費生活センター　次長　深見　正子

（「トータルライフ」三号掲載）

かしこい消費者の未来像は

愛知県消費生活センター新設予定計画により、教育担当者には生活改良普及員経験者をと国からの推薦があり、一九六九年（昭和四十四年四月）より一九七八年（昭和五十三年九月）まで消費生活センターに勤務しました。

この職務に従事し、多数の消費生活相談員の養成に努めました。終了生は県市町村の相談員となりました。昨今、消費者被害は多岐複雑化し住民からの相談は年々多くなり、その傾向と対処については「消費者白書」（消費者庁発行）などの資料を参考にされることがベターです。国の関係省庁は毎年「白書」を発行しています。大学はじめ関係機関の皆々様には、未来の指針となることと思います。

企業と消費者はフィフティ・フィフティである事を、念のため申し添えます。近年、消費生活アドバイザー、消費生活コンサルタントは、公的資格となり、行政機関及び企業、百貨店に勤務しています。

3　子供の未来にしあわせを——国際児童年事業推進本部事務局

国際児童年事務局勤務

スローガンは「わが子への愛を世界のどの子にも」。

昭和五十一年十二月の第三十一回国連の総会決議で、一九七五年を「児童権利宣言」採択二十周年記念として、国際児童年とすることを宣言しました。

昭和五十四年八月、愛知青少年公園を集中記念行事開催場所と決定し、国際児童年記念行事が愛知県下で各種団体により行われることとなりました。県は国際児童年推進本部を設置し、本部長＝知事はじめ副知事、本部員は関係部局長ら十六人です。「愛知県国際児童年事業推進会議」も設置され、議長は知事が務め、構成員は関係団体の百二十人です。この会議では、官民一体となって国の国際児童年事業推進方針に沿い児童に関する施策の充実をはじめ、児童福祉向上のための国際協力の拡充、あるいは、国際問題に関する認識を深めるための啓発活動について種々の計画を進めました。

私は、昭和五十三年十月一日付で児童年事務局に就任しました。

記念街頭募金に走り回る

知事、市長、事務局一同各協賛団体長、ボーイスカウト、ガールスカウトの方々と共に、名古屋駅前、栄、金山駅前などで募金活動に奔走しました。はじめは恥ずかしかったのですが、知事や市長の姿を見て、私も勇気を出して街を行く人たちに呼びかけました。大変良い経験となりました。

国際記念集中行事の計画内容については省略し、心に残ったひとコマを記述します。

和楽会

総務部内の補佐級で結成されている親睦会に「和楽会」があります。児童年を担当して初めて参加する会です。

宴会の席上で、鈴木礼治総務部長が来賓として御挨拶をされました。

総務部長は「和楽会始まって以来初めて女性が入られた……たのしい会である」とおっしゃったのです。そのあと、司会者から新入会員として挨拶の御指名を受けました。私は「国際児童年事務局の……本庁は男性の城であることを痛感しています。しかし毎日がとっても楽しいのです。それは源氏の君でいらっしゃる皆様にお会い出来るからです」と冗談を言い、お仲間入りの挨拶をさせていただいたのです。大変リラックスした会でした。当時の鈴木総務部長は持前の美声で出席者お一人お一人に話しかけられ、和やかな雰囲気でした。

この和楽会の方々は年齢的にも働き盛りで、円熟した思考力の持主であり、社会性にも長けていたといえましょう。大愛知を動かしているといった感じがしました。

中日新聞から取材依頼の経緯

十二月下旬頃、中日新聞の岩崎記者から児童年の取材電話が入り、電話を受けた牛田補佐は、私の名前を伝えていたようでした。牛田補佐は「女性を希望され、太田さんとあなたの名前を言ったところ、深見補佐でとのことだった。一度打ち合わせにくるからね」と伝えてくれました。

その時は、私は「渡辺事務局長がいらっしゃいますから、局長さんにお願いしてよね」

と言ったのですが、牛田補佐は「女性にと相手が言ってきたのだから」と意に解しないようでした。私は「渡辺局長がいらっしゃいますから、立場上お引き受けできません」と断りました。

しかし、渡辺局長が、「女性と言ってきているから応じるように」とおっしゃったので、取材に応じた次第です。

〝600万人のひろば〟生きる　国際児童年を演出する　深見正子さん

「子供を見直す機会に」

—記者—いよいよ子供の年です。忙しいんでしょ。

「エエ、まあ。大体夜八時頃まで仕事をしていますね。ときには真夜中までかかることも。忙しいと、女のくせに色気もそっけもなくなり、声も荒っぽくなって困ってしまいますわ」

—記者—事務局に女性二人。一人は二十歳そこそこですので、深見さんは母親の立場の代弁者でもある。いま、どんな仕事を。

「民間が中心となってやる行事のまとめをしています。世界の子供の絵画展だとか、キャンプの集いとか。そういう申し込みがざっと五十件、それを最少の予算で最大の効果を上げるためには、どうしようか、と」

行事の目玉になるのは、愛知青少年公園で夏休み期間中に開かれる〝児童博〟。子供達と世界を結び、過去と現在と未来をつなぐと、かけ声はかっこいいが。

―記者―オリンピック以上に、なんのために開くのかピンときませんね。

「エッ、ハイ。私も辞令をもらったときは、何をやるのかさっぱり。でも、最近は、子供って国の宝でございますから、それを大人が見直す機会になれば、と思っているんですよ。子供たちには、昔、児童博に行ったという思い出が残ればいい」

―記者―それじゃ、子供たちへの押し付けになる。児童博でなきゃ見られないという催しは？

「特にとっておき、というのはありませんね。未来はこうだ、と夢を育てる催しをしないと、と思いますけど」

どうも、万国博の「子供版」といったイメージしか浮かんでこない。あるいは、ディズニーランド日本版？

―記者―遊びどころか、世界には飢えに苦しんでいる子がたくさんいますね。

「はい。そういう面の厳しい現実も、取り上げる予定です。ユニセフ（国際児童基金）

を主体に」

—記者—その点、日本の子供は。

「物質的には恵まれていますね。といって、幸せともいえません。結局、昔子供であった大人が、これでいいのか、と考えてみなければいけないんじゃないでしょうか」

—記者—やりがいはありますか。

「こういうのは初めての仕事で。面白くて、張り合いがあって。やりがいがあり嬉しいです」

（中日新聞　昭和五十四年一月七日）

この記事をご覧になった当時の鈴木副知事が、県庁の廊下で「深見さんいいふうに出たね」とおっしゃってくださったときは本当にうれしく、仕事冥利に尽きるとはこのことだと思いました。

後日、私は掲載された新聞を見て、「しまった、美容院へ行っておけばよかった」と後悔したのですが、その時は、朝星、夜星で心のゆとりはありませんでした。仕事が楽しくて一生懸命でした。

国際母親大会会場に美智子妃殿下御臨席をと強い要望

私立幼稚園協会主催の国際母親大会は、日本の母親、幼稚園関係者及び在日世界三十九ヵ国の母親を招待して開催する予定です。その司会は鈴木ＮＨＫアナウンサーです。この席上へ美智子妃殿下のご臨席をという強い要望が、幼稚園協会加藤会長からなされていました。上京する度に、文部省へも陳情しているとのことでした。愛知県もぜひ協力してほしいと度々事務局を訪ねられたのです。

年が明けていよいよ本格的にプログラムを作る時期が来たので、希望通り妃殿下が会場においでいただけるか加藤会長が確認においでになられました。

正直こちらもはっきりわからなくて、「お願いはしてありますが」と、次長は申し上げるばかりでした。

時は刻一刻と迫って来ます。加藤会長もたまりかねてか、直接鈴木副知事にお会いになり、「妃殿下のご臨席をお願いしていますが、はっきりしない。どうなっているのでしょう……」と興奮気味でおっしゃったそうです。その時、鈴木副知事は「まあまあそう言わんと、うちの職員も一生懸命やっているから」と仰られたと、加藤会長は興奮し大声で次長に話されていました。その後加藤会長に、私は小声で「依頼文書を、お出しになっていますか。まだでしたら早速依頼文書をお出しになられるとよいと思います」と依頼文書案をそっと差し上げました。会長は翌日早朝文書を事務局に持参し、至急決裁文書手続きをとった後、鈴木副知事は上京されました。

鈴木副知事は早速関係省庁、総理府、文部省、宮内庁へと再度依頼されたのです。

上京された鈴木副知事は夜の九時頃でしたか、事務局に電話がかかってきました。「深見さん見えるかな？」電話をとった男性が「ハイいます、今代わります」と申し上げたとたん、他の男性が「この忙しい最中に電話をかけてくるのは、イナイッと言ってやれよ」と大声を出しました。その時の電話の相手は副知事です。「忙しいところすまんなあ。今東京から帰って来たところ、加藤会長に、早速話したところ深見さんにお世話になったので電話するといわれたので、こちらからしておくからと。詳細については明日来て相談すると言ってある。まあはっきりしてよかった」

電話を切った時、「今、誰だった」と聞かれ、「副知事よ」と答えると、弥次を飛ばした男性職員はじめ皆〝びっくり〟でした。

加藤会長の義理固いお言葉に感激し、同時に副知事の思いやりの心に敬服しました。

総理府、宮内庁、文部省の結果は……

鈴木副知事の上京の結果は、「宮内庁は妃殿下に会場にお出でいただく時間がどうしてもないことから、代表で二十名ぐらい出てお迎えし、式典会場近くにてその中から五名の方が皇太子殿下と妃殿下からお言葉を賜わることにしては？」というお話でした。

加藤会長から「二十名をどうして選んでよいか迷っている。いっそのこと五百名全員でお迎えしたらどうかね」私は「そうですね、大会の出席者は全員代表者でしょうから、全員出てお迎えすることも名案ですね」と同意しました。

五百名は全員代表者、お迎えの希望をされました。

加藤幼稚園協会長は「鈴木副知事に、宮内庁は二十名と言われているけれど、各国はじめ全員代表者です。炎天下を心配されて国の関係方々は申されたと思いますが、全員で殿下をお迎えしたいです」と話されました。

鈴木副知事は「それはよいこと、大変暑い時だから、外に出る方々は体に気をつけて」とおっしゃったとのことです。

その時の会長のお顔の表情はとても晴々としていました。安堵されたことでしょう。

加藤会長は「鈴木副知事の心の広さにつくづく頭が下りました。敬服いたします」と、私におっしゃいました。

国際母親大会の方々でお迎え

皇太子殿下、妃殿下が公園のロータリーの前でお車を降りられ、炎天下を式典会場へ向かわれます。その沿道には、国際母親大会の方々がお出迎えし、皇太子殿下から、まず加藤会長にお言葉があり、次々と五人の代表者にお言葉をおかけになりました。ここまではシナリオ通りでしたが、美智子妃殿下とお知り合いの方でしょうか、外国人の方と、「ねむの木学園」の宮城学園長が突然出て来てお話され、少々時間が延長しました。

妃殿下のお側で、皇太子殿下が、やさしく妃殿下を見守っていらっしゃいましたお姿がとっても印象的でした。また少々離れて大平総理大臣も「にこにこ」されて、お待ちになっていらっしゃいました。お迎えの方々も「にこにこ」でした。

この国際母親大会に荘淑旂先生も参加していらっしゃり、夜にはホテルのレセプションに招待いただき、共にたのしい一時を過ごしました。

待ちに待った開会式

国際児童年集中記念行事「世界と日本のこども展」は、昭五十四年（一九七九）七月三十一日の午後、愛知県青少年公園、国際児童年劇場で華やかに開催されました。真夏の太陽のもと、緑いっぱいの会場には全国から招待された児童約千五百人と来賓関係者等三千人の方々が出席。式は〝わが子への愛を世界のどの子にも〟という子ども展のテーマに添って、子どもたちが主役となって進められたのです。

皇太子殿下と美智子妃殿下がにこやかにご入場、つづいて大平内閣総理大臣、三原総理府総務長官、ヘンリー・R・ラブイス国連ユニセフ事務局長、仲谷愛知県知事、吉川愛知県議会議長の方々が中学生にエスコートされて来賓席につかれました。

こうして述べていきますと、私がこの式典に参加していたように思われるかも知れませんが、実は事務局の職員は、それぞれ担当があり、私は県関係の来賓係とパビリオン日本館の担当でした。さあこれからパビリオンへと、〝忍び足の早足〟で急いだのです。パビリオンへと裏道を、忍び足の早足で歩いていると、警官が飛び出し「今、こんな所を歩いてもらっては困る。どこへ行くのですか」と、声をかけられました。私は「このパビリオンの担当で、この式典が終ると、殿下と来賓の方々が展示をご覧になられますから、お迎えの準備に行くところですよ」と二言、三言話し、「お互いにお勤めご苦労さまですね」と言ってパビリオンへと向かいました。

上空では、ぬけるような青空のなか、飛行船「ユニセフ号」が、ゆっくりと旋回していました。

会場はるか彼方から、ロックグループのゴダイゴが歌う国際児童年協賛の「ビューティフルネーム」の曲が流れてきました。なんとすがすがしい、心安らぐひと時でした。

皇太子殿下、妃殿下はともにパビリオンへ向かわれます。

第一会場「世界のこども館」は政府出展、第二会場「日本のこども館」は愛知県出展、第三会場「こどもの未来館」は民間合同出典でした。愛知県の第二会場入口では、渡辺事務局長はじめ、宮沢次長、山下主幹と共に、私も来賓の方々をお迎えしました。

仲谷知事のご先導で、皇太子殿下、美智子妃殿下、大平総理大臣、三原総務長官、永野国際児童年事業協会長（日本商工会議所会頭）と、次々お見えになりました。説明を求められてもよいように、所々に事務局の担当者も入りました。

「日本のこども館」の作品の中から「平和の世界を＝私たちの宇宙船〝地球号〟」の絵画が、妃殿下のお目にとまり、後日、妃殿下は荘先生に「紀宮と同じ年齢のお子さんの描かれた絵がとても印象に残りました。紀宮に見せてあげたい」と、御感想を語られたとうけたまわりました。

出品者・川島輝子さんに妃殿下のお言葉を伝えたところ、川島さんは「多くの人に知ってもらうように絵本にし、三百冊出版したから、宮様にも差し上げていただきたい」とおっしゃったのです。私は早速荘先生を通じ妃殿下にお伝え願いました。

ちょうど妃殿下は、外国へお出ましになる時期でした。その留守中に絵本をお読みになるようにという妃殿下のお心づかいでしょうか。お留守中に紀宮様はお読みになり、お帰りを待ってご感想を述べられたそうです。

「国際児童年に想う」　国際児童年事務局課長補佐　深見正子

国際児童年記念行事は、児童権利宣言採択二十周年を記念して開催されたもので、児童の福祉向上のためであります。愛知県も①児童の啓発、②児童の施策、③国際協力の3つの柱を立てて進められております。

「児童の啓発」で八月に愛知青少年公園にて、世界と日本の子供展として、集中記念行事があり、お陰様で成功裡に終りました。

予算は二十六億五千八百万円で、愛知県と財界の皆様方と国とで賄われたわけです。愛知県の出したパビリオンが一億五千万円かかりました。〝愛知子供100年展〟では明治、大正、昭和と子供の移り変りが展示されました。入場者の親子連れの中には大変熱心な方々が見え、私も感動致しました。これを契機に児童施策の充実と必要性に鑑み、児童記念館（国際会議室）が、国の協力で十三億円の予算で青少年公園の中に出来る事に決定しました。地元江﨑大臣のお力添えです。

「国際協力」はユニセフ児童基金のことです。日本は昭和二十四年～三十九年までユニセフで児童のミルク、その他援助を受けておりました。特に愛知県は伊勢湾台風の折にも物資と多額の援助を受け総額で六十五億円になります。

愛知県も今年、国際児童年記念募金として、当初の目標予定額六千万円の処八千万円をユニセフに寄付されました。

国際児童年というのは、子供を見直す意味で行われた訳です。今後共、これを契機にいろいろな児童の問題に取組み、良い児童の育成に国民すべてがつとめたいものです。

（一宮ロータリークラブ卓話抜粋）

大平内閣総理大臣との出会い

名古屋観光ホテルで大平内閣総理大臣就任祝賀パーティーが開かれた時の話です。財界主催によるパーティーでした。夫は仕事の関係で出席できないからと出席ハガキを私に渡しました。私は児童年事務局勤務でした。案内状を見ると、当日の六時開催であったので、宮沢次長にハガキを見せたところ「出席したらよい」と許可を得て出席しました。

会場には大平首相はじめ、各大臣、政界、財界、官界の方々がご出席でした。

大平首相はテレビでの国会答弁は無口で「アーウー」が有名でしたが、実際に演説を聴いてみますと、あまりの名演説ぶりにびっくりしました。その他各大臣が持ち前のジョークと時宜にかなった内容の演説をされました。その光景はまるで政治漫談を聴いているといった感じがしました。

パーティー終了後、首相はじめ各大臣の方々は、参集者の方に出口のところで握手をされました。私も握手をいただいた一人でした。後日、首相と愛知県青少年公園にて再会し、懐かしく思ったのです。

しかし、大平さんは五十五年六月十三日、選挙期間中に帰らぬ人となられました。

思い出す大平総理の温かい手　青少年婦人室室長補佐　深見正子

昨年は国際児童年事務局業務補佐を務め、開会式に来られた大平首相を出迎えました。「日本の子ども館」を仲谷知事の先導で回られ、説明に「アー、アー」とひとつひとつ、うなずいておられました。帰りぎわに「サヨウナラ」と握手してくださったの。大きく、あたたかい手だったことが忘れられません。突然亡くなられて、おかわいそう。

ここに謹んでご冥福をお祈り申しあげます。

この新聞記事をお読みになった鈴木副知事は県庁の廊下で「深見さん、どこで総理に手を握ってもらったね……」とおっしゃいました。「それは秘密です」私はジェスチャーを交えてお答えしました。

鈴木副知事は「あっはっはっ……」と気軽にお笑いになりました。本当に心の温かい大らかな親しみやすい鈴木副知事様。

4　婦人登用の促進に全力投球――愛知県総務部青少年婦人室

婦人登用の促進に全力投球

昭和五十五年四月一日付で愛知県総務部青少年婦人室勤務となりました。待望の婦人室へ、と申しますのは、私は農村婦人から消費者関係一般婦人と巾広く婦人を対象とした仕事に携わってきました。そのなかで、かねがね婦人問題にかかわる課題が山積していることを察知し、これらに取り組みたいと思っていたからです。私は、婦人担当に室長補佐として仕事の第一歩を踏み出しました。

婦人に関する事業は数多くありますが、私の分野は、(一)婦人対策推進の基本方針の作成、(二)婦人の政策決定参加の促進、(三)婦人関係行政推進会議、(四)婦人団体連盟の助言等で、これらの仕事を岸主査とともに進めることになりました。主幹欠席時には、室長から議会対策を仰せつかり喜び勇んで質問事項を聞きに行きました。

ここでまず政策決定参加の促進についての基本方針を「婦人関係行政の概要」から抜粋して説明します。

県民の暮らしや地域社会に大きな影響を及ぼす政策、方針の決定は、県民の半数を占める女性の公平な参加によって行われることが必要であります。県行政への婦人の参画を促進するため、本県の半数を占める女性の公平な参加によって行われることが必要であります。県行政への婦人の参画を促進するため、本県の婦人問題に関する全庁的な推進体制として設置している「愛知県婦人関係行政推進会議」の昭和五十二年度の第一回の会議において、「愛知県における婦人の登用」について昭和五十五年度までに十五%と目標を定め推進しています。審議会の委員の改選時に婦人有権者の登用を図っております。

以上が基本方針と経緯です。

婦人の登用については、五十五年度までに十五%と目標が定められていたのですが、私が前任者から引き継ぎをした時の数字は七・八八%と目標のほぼ半分に過ぎませんでした。この一年間で十五%にすることは至難の業です。しかし少しでも目標に近づけることが私に果せられた責務です。このため本庁各関係課をくまなく訪れ依頼しました。

愛知県の各委員会、審議会、協議会等の附属機関は一二四機関です。この内女性登用ゼロの機関は五十三機関あり、ほとんどが当職になっているため、「女性なら」では通用しないものです。例えば県会議長を当てる、市町村長を当てる、課長を当てる、何々会長を当てる等々と定められています。

担当補佐会で、課長は理解があるが各部長に直接お願いしてほしいと発言して全員同意されました。

「女性は本論から外れる」という男性の発言で困惑

こんな苦情が私に投げかけられました。

「あなたは女性を登用せよと盛んにおっしゃいますが、婦人を登用したら、会議の時間には遅刻する。発言は本論からはずれる。攻撃的で、ときには居眠りはする。欠席はする。途中で帰られる。本当に困ったものですよ」。

そこで私が、「女性は数が少ないから目立つだけです。男性でも同じことが言えますよ。女性のみが欠席するわけではないでしょう。居眠りは男性でもされる方があると思いますよ。遅刻も同じでしょう」と申し上げた途端、その担当者はまるで鳩が豆鉄砲を食ったように目を丸くしてキョトンとした顔をされました。それは、今でも忘れることができません。おそらくこんな言葉が返ってくるとは思いもよらなかったのでしょう。

私はすかさず「しかし、社会性については、女性よりも男性の方がすぐれていることは確かでしょうから、徐々に女性を指導してやってくださいね」と申し上げました。その男性はニッコリなさいました。

担当者が帰った後、少々言い過ぎたかしらと思ったのですが、これも男女平等のためと思えば、これくらいのことはごかんべん願えるでしょう。「女性のために」頑張らなくてはと、ますます闘志を燃やし女性のために前進するのみ、と心に誓いました。

昭和五十五年度、待望の二ケタ目標となる

こうして婦人の登用は、この年度は多少数字を上げることができて大変うれしく思いました。

参考に年度による婦人登用を記しておきます。

昭和五十一年度　五・一〇％
昭和五十二年度　六・〇五％
昭和五十三年度　六・八〇％
昭和五十四年度　七・八八％
◎昭和五十五年度　一〇・八九％　担当年
昭和五十六年度　一〇・九二％

昭和五十七年度　一〇・八五％
昭和五十八年度　一一・一三％
昭和五十九年度　一一・二三％
昭和六十年度　一一・二一％

担当年の五十五年度で、やっと二ケタ台に乗せました。

女性全体のレベルアップをしていく行政の仕事は、この青少年婦人室といえましょう。

今日でもお会いする方々は私にこんな言葉で挨拶されます。「婦人登用促進で有名になられましたね」。ちょっとオーバーかと思いますが、男性にとっては少々ケムタイ存在であったことを物語っていると思います。

審議会、委員会、協議会が開催されるときは、委員は前もって調べたり研究したりしてその会に出席されるものです。男女共学で学力の差は少なくなったとはいえ、日本男性の古い歴史は徐々に薄らぎ、近年は外国進出に伴い留学生も多くなり帰国女性は英知を発揮し心機の女性像を個々に描き邁進されることになれば、登用率も五〇％台になることでしょう。

昭和の二桁生まれの総理大臣が出る頃には、男女差は少なくなることと信じ、一刻も早く時期到来を期待いたします。平成になり、東京都に女性部長が誕生し、また令和の今日は東京都知事は女性で大変喜ばしい限りです。

「女のクセにナマイキだ!」発言　全国労働組合連合会長はじめ全国代表者来庁

昭和五十五年十一月のことです。

当日代表者約二十余名が来庁されました。県議委員会開会中につき、県側から労働部奥野部長、青少年婦人室服部室長、同婦人室深見室長補佐が出席し、奥野室長挨拶後、婦人問題については深見補佐から回答させますからと……。

組合側発言者「愛知県は当組合からの女性登用が一人もない、どうして採用しないのか」

深見補佐「愛知県の各委員会、審議会、協議会の附属機関は一二四機関です。このうち女性登用ゼロの機関は五三機関あり、すべてが当て職になっており、「女性なら」では通用しないものです。例えば県議会議長、市町村長、課長、何々会長、何々組合長等々定められています。当組合長も女性組合長が当て職としていればお出しください」。

組合側発言者「知事と同じことを言う。担当者自身の意見を聞かせよ」

深見補佐「前回申し上げた通りです、絶対に変わりありません」。

組合側と県側の意見は平行線でした。

そこで私は「女性の会長が出られれば、今会の、問題は解決するでしょう」と答えました。すると組合員側の方が、強い口調で「女のクセにナマイキだ」と、何回も繰り返し叫びながら退場されました。組合も女性登用に熱心である事を認識しました。

しかし、組合の女性登用について、現実は男の世界であり、難しいと断言しました。「女のクセに」は男の本音でしょう。やはり言葉には責任を持ってほしいです。

この会議で私は闘争心が湧き、女性登用を是非にと思う決意で望み、公務員としての職責を果したい思いでした。

「女のクセにナマイキだ」という言葉を発する男性は、家庭生活に不満を持っていると思われます。

5　夢多い子供相手の仕事——愛知国際児童年記念館

愛知国際児童年記念館へ主幹として出向

昭和五十六年四月、私は愛知青少年公園内に新設された記念館の主幹として出向の発令を受けました。

愛知青少年公園は長久手町（現在は長久手市）にあります。町は長久手の合戦の古戦場跡として知られていますが、青少年公園は町の南東に広がる丘陵地を利用して作られた（広さ百八十万平方米）青少年のための施設です。児童記念館はこの公園の一角に建てられたものです。

真新しい記念館に新しいスタッフ七人が着任しました。

七月四日午前十一時、華やかな鼓笛演奏で幕開けとなりました。

開館式には村山厚生大臣、仲谷愛知県知事久保田県議会議長はじめ関係者、来賓多数のご出席のもとに式典が行われました。

地元長久手町児童の〝お礼のことば〟のあと、正面玄関前で、県庁吹奏楽団のファンファーレを合図にテープカットがなされ、大臣と知事の間に入った長久手町の可愛らしい男女児童のテープカットはとっても人気があり、当日テレビでも大きく取りあげられました。

このテープカットの瞬間の感激は忘れられません。これまでのご苦労は大変だったと思います。式典を終えた記念館に、華やかな鼓笛隊のマーチが流れました。すみれ幼稚園（江南市）の演奏に、盛んに沸き起る拍手と父兄の声援が交錯し、にぎわいはクライマックス

国際児童記念館にて外国人見学者に通訳説明

に達しました。

青少年公演合唱教室のお母さんのコーラス「シャボン玉」ほか、県庁吹奏楽団による「青い珊瑚礁」など、楽しい初日でした。

翌五日は日曜日で親子連れが多く、こどもホールの舞台、センターフロアーをフルに使い、こどもたちの各種催しが繰り広げられました。

まず半田少年少女合唱団（愛知県コンクール第一位）の「月と良寛」などに続いてひまわり幼稚園（守山市）サンフラワードラムコーチ百三十人はお揃いの可愛い服装。園児たちの鼓笛演奏は、児童遊園入口から噴水塔を通って記念館へと行進しました。演奏も隊列もみごとなものでした。

〝オモチャの兵隊さん〟とはこのことでしょう。お母さん方の晴れ晴れした顔、我が子がたたく太鼓に拍手を惜しみなく送る姿は、洋の東西を問わず、いずこも同じです。

また美和町木戸子供会郷土芸能「嫁獅子」は、林町長がご熱心で町上げての応援でした。

劇団うりんこ児童劇「阿詩瑪」、川口節子バレエのこどもバレエ「ただいま授業中」などがあり、最後に長久手町棒の手保存会郷土芸能「棒の手」で、盛況のうちに公演会は終りました。

公演終了後、新聞社からインタビューを受けましたが、赤字を出さないことも課せられた義務であることを痛感したのです。

国会議員、愛知県会議員が国際児童年記念館に多数来館

昭和五十七年夏頃、オリンピック開催を名古屋へ誘致することで、地元の代議士はじめ関係機関、特に行政は熱心でした。その頃、貿易摩擦で、東奔西走中であった国際経済特別調査会長の江崎衆議院議員が来名され、その機会に青少年公園へもお立ち寄りいただきました。

実はこの記念館は国際児童年行事「世界と日本のこども展」を開催した記念にしたいとの、知事はじめ県民の強い希望がかなえられて建てられたものです。

建設予算は当初三億円位ということでしたが、江崎先生のご尽力で国から十三億円の予算がつき建設したとうかがっています。

当時渡辺次長が記念館を訪れた方に前述のような話をされていたときのことです。子ども連れの方が「ええっ、江崎先生は選挙区でもない所へ、よう骨折られますな……」と言われたことが印象に残っています。

来館された江崎先生はじめ、国会の先生方もご一緒にて私が、いざ、ご挨拶かたがた説明となったとき、参議院議員の吉川先生が「深見館長、かまわんから、デッカクいってもらっていいよ」とカツを入れられたので、出席者一同大笑いでした。

私は「先生から許可をいただきましたので」と、前置きして順次説明をいたしました。先生方はとってもリラックスされて、各室をご覧になりました。

帰り際に渡辺寅三専務理事は「江崎先生のお力添えで立派な記念館を建てていただき感謝いたしております」とお礼をのべられました。そのとき江崎先生は「いやこれは当時の厚生省竹内児童家庭局長にお世話になったのですよ」とおっしゃいました。江崎先生のお心の広さに敬服しました。

厚生省に活動状況報告

局長に挨拶方々翌年の計画についてもお願いしました。私はこの機会に記念館設立当時の局長、(財)日本児童手当協会竹内理事長(前局長)にお会いし、私は「江崎先生が竹内局長にお世話いただいたとおっしゃっていました」と話しました。竹内理事長は「いや先生がご熱心で……。ところで記念館は利用者が多いとお聞きしているが何か行事をやってみたらどうですか、予算を出して上げますよ」と話されました。私はこれはチャンスとばかりに、「全国こども郷土芸能の催しをしたいと思っています。日本の伝統芸能を伝承していく必要性を痛感しています」と申しました。

すると竹内理事長は「ほう、いいことですね、二〜三千万円ですか。いいでしょう。計画があれば一度協会の総務部へ話をしてみておいて」と言っていただいたのですが、私は翌年には転勤となり、その夢は実現できませんでした。

明日の児童年記念館に向けて

忙しかった時期も過ぎ、夏休みも終わりに近づいたこの時期、各団体へＰＲに出掛けていくことを計画しました。

学校教育関係、幼稚園、保育関係、児童福祉関係、外郭団体（市営地下鉄、名鉄関係）へ、記念館行事ポスターを持参して出向いたのです。公的機関である鉄道は、駅長の許可を得て駅員の協力を得ました。

ここで忘れられない広報の一つがあります。

公共機関についてはスムースに依頼できました。私鉄である名鉄沿線には、特別の計らいが必要でした。しかし、それは昭和五十四年の児童年記念行事でお世話になった当時の名古屋鉄道竹田社長の秘書の方が広報部長をなさっていた関係で、快くお引き受けいただき、九十の駅に、広報ポスターを貼っていただきました。

さて、各種団体に出掛けてのPRは大変好評でした。職員会議での反省会の席上で職員からこんな冗談がありました。「この説明会のメンバー、この調子でいけば国会、県会に立候補してもいいな……。皆な演説がうまいから……」こんな冗談を飛ばしてのディスカッションは大変楽しいものでした。PRのお陰で記念館の人気も上々と言ったところでした。

園内でもマイクで入館者を募りました。

うぐいす嬢が「本日は児童公園へお越しいただき有難うございます。こちらトンガリ帽子の建物は児童年記念館です。本日はこどもホールにおきまして〝親子ゲーム〟を行っています。入場は無料でございます」とスピーカーで呼びかけますと、記念館へ続々と親子連れが入館されました。

各室の入場者が少ない時には、担当職員が〝早馬〟として「うぐいす嬢頼む」と依頼しておりました。

VTR室でのPRも紹介します。

「ただいまVTR室には、人気のタイガーマスク、マジンガーZ、シンドバットの冒険、おやゆび姫などのビデオが用意してございます。お父様、お母様、お子様とご一緒にごらんになって、お子様と語り合いながらお帰りになるのも楽しい思い出となりましょう」

「今日は図書館には外国の絵本、童話がたくさんございます。棚から自由に出してお読みください。お母様、小さいお子様に読んで聞かせてあげてください。その物語は幼き頃の思い出として、いつまでもお子様の心に残ることでございましょう」

「福祉コーナーは、外国のオモチャがいっぱいございます。自由に引き出しから出して遊んでくださいね。遊んだあとは〝おかたづけ〟を忘れないように、お母様はお子様に躾をしてくださいね」

この呼び込みは効を奏しました。

「僕、文部大臣になる！」 ＰＴＡ親子同伴見学中のヒトコマ

国際会議室には二ヵ国語同時通訳できる設備があります。ある時、来場者にこの設備の説明をしながら、「今日出席のお子様の中から総理大臣が出られるでしょう」と話したところ、一人の母親が話につられて、子供に「こんなタワケが総理大臣になれるか！」と、

子供の頭に手をかすめました。男の子はイテーと体をそらし、「僕は文部大臣がいい、試球式がやれるから」と、無邪気に応じました。私は「エライ！　その希望を捨てないで勉強してね」と言ったところ、一同から喚声があがり、にこやかに見学を終えられました。

記念館は二〇一一年（平成二十三年三月）、厚生省より「児童年の役割は終わった」と通告があり、廃館となりました。

一九七八年（昭和五十三年）～二〇一一年（平成二十三年三月）の約三十三年間の長きに亘り、厚生省の温かいご援助を受け、子供達に希望の資材を年々予算化していただきました。この記念館を利用した事は、当時の子供達にとって、永久に心に残る宝物であると確信しています。厚生省はじめ当時地元江﨑通商産業大臣ほか、関係機関の方々に心から厚く御礼申し上げます。

夢多い子供の未来像への指針は、「厚生労働白書」厚生労働省編集を参考にして下さい。

6　女性の労働能力向上をねがって――婦人労働サービスセンター

愛知県婦人労働サービスセンター所長に就任

昭和五十八年四月一日付で辞令の交付を受けました。愛知県庁講堂において、鈴木愛知県知事から、一人一人お言葉を賜わり辞令をいただいたときは、責任の重さを痛感しました。今でも忘れられない人生の一駒でした。

辞令交付後、勤務地、愛知県婦人労働サービスセンター職員に挨拶、センター職員から仕事の概要について説明を受けました。

婦人労働サービスセンターの仕事の概要は次の通りです。

「資格」「技術と就職」

（一）職業紹介　労働省ハローワークから委嘱された職員、県職員が応ずる常用職業、パート、専門職（婦人タレント）の職業紹介。

（二）労働相談　相談員は弁護士、学識経験者

（三）職業適応相談　有資格センター職員

（四）技術講習会　（センター内・センター外）

センター内での講習会実施
①　動力ミシン　②毛糸機械編　③毛糸手編　④販売事務　⑤経理事務
センター外での講習会　実施地域七市（豊田市、春日井市、岡崎市、江南市、豊橋市、安城市、稲沢市）
①毛糸手編　②経理事務

中部読売新聞の奥園記者から「どんな仕事をしているところかね。インタービューをしたいんですが」と懐かしい声の便りがあり、仕事の内容をにわか勉強でお答えしましたところ、さすが記者はプロです。とってもうまくまとめて掲載していただきました。

『今週の人』県婦人労働サービスセンター所長　深見正子さん
「婦人労働の総合センター」に初めて登場した女性所長。四月の就任以来、働く婦人の能力開発、地位向上をモットーに努めている。「高齢化社会へ女性も技術を」と「婦人に職業や職業適性についての相談、指導に加え、必要な情報の提供と就職あっせんを行っているセンターの知名度はいまひとつ、もっと知ってもらうようにするのが私の仕事」と強調する。「高齢化社会の到来で、婦人は子育てが終った後、長い自分のための時間を持つことになる。それだけに社会に対応する手段の一つとして、もっと技術を身につけて欲しいものです」と所長は語った。

（中部読売新聞　昭和五十八年五月十六日）

女性能力開発セミナー受講生募集

「広報愛知」で女性能力開発セミナーの受講生を募集したところ、一日で定員を突破しました。

中日新聞社、婦人家庭部高間次長から電話で「今度の職場はどうですか」と問われ、私は「主婦の再就職紹介の仕事で女性にとって最良の職場ですね。今セミナーの募集をしたところ一日で定員突破ですから来年は回数をふやそうかと思っています」と話したところ、早速「ゆうかんさろん」にのせていただいた次第です。

〝人〟ゆうかんさろん　「管理職めざす女性がどっと」

愛知県婦人労働サービスセンターが、企業も管理・監督者としてリーダシップのとれる女性を育てようと九月上旬に開く第二回「女性能力開発セミナー」の受講生募集を「広報愛知」にのせたところ、たった一日で定員四十人を突破、その後も問い合わせが続いている。申し込みは約二十社から。年齢は二十－五十代。役職者五人ばかり、その予備軍となる二十代後半が多い。この好調な申し込みに同センターの深見所長は「企業も女性を避けて通れぬ時代になったのですね」と感慨深い。国際婦人年以来、女性の社会的進出について自覚が高まり、企業としても女性の能力を開発して有効に生かさねば〝新しい企業像〟を描けない―と考えるからだ。

（中日新聞　昭和五十八年八月二十二日）

婦人労働旬間シンポジウム開く

五十三年に当センターが開所されたとき、学識経験者による「女性能力開発委員会」が設立され、毎年企業を対象に実態調査が行われ、五十八年は五年間の総まとめの年で、シンポジウムが計画されていました。

私はこの計画を知らされたとき、正直、労働関係の人脈はなく、果たして人が集まってくれるかどうか不安でした。

婦人労働旬間シンポジウム「女性の職業能力の育成と活用」で司会を担当

内容については、ベテランの先生方ですから心配はいりません。人集めは生活改善グループ大会初期に経験しました。しかし、最初はなかなか苦労しました。人とのつながりがあってこそ、予定の人員が確保できるものです。

この労働関係、私にとっては白紙同様、しかも責任者でもあります。

働いている人を動員することはなかなか困難です。企業は利潤の追求が必須条件だから一人でも休まれると、それだけ生産性に影響します。

電話で依頼すると会社側は「女性は電話、書類整理、お茶出し、掃除仕事でそんな余裕は有りません」という言葉が返ってきます。

しかし、私にとっては最初の仕事です。成功させなければ女性登用の成果を問われるのではと心配になってきました。

内容については、格調高く「労働学会」を思わせるようなものですが、参加者をどのように集めたらよいかが問題です。企業へ割りふりをして、予定通り出席があればいいのですが、そうは思うようにはいきません。関係者に通知を出しましたが、締め切り日には定員三百名にはほど遠く、百三十名位でした。二分の一弱の申込みしかありません。開催まであと十日です。当日には定員になるように、職員一同必死になって依頼に奔走したのです。

このときの様子を詳しく述べることにします。

まず女子大生にＰＲと思い、私の母校へ電話で依頼したところ、椙山先生に「五十名位ならちょうど授業がない生徒がいるから」とおっしゃっていただきました。

また、女子職業訓練校には女性再就職のための技能養成指導を受けている生徒がいるから、休講日を利用して参加してもらうようにおねがいしましたところ、多数の参加申込みをいただきました。

しかし、まだ定員には達しません。最後の手段として消費者団体なら何とかなると思い、以前に関係していた消費生活センター講座の修了生に案内を出すことにしました。

開催日までもう時間がありません。「今日中には案内状を投函しなくては……」と思いました。けれど責任者がセンターに居残りしていては他の職員が帰れないと思い、一旦帰る用意をして外へ出て、最後の職員が施錠をした頃、忘れものをしたようなふりをしてもどり、机に向って案内状の発送準備をし、中央郵便局へ夜遅く投函したのです。

これを契機に女子職員も女性パワーを発揮し、関係知人にそれぞれ出席依頼をするなど全力投球し、開催日には定員をはるかにオーバーし、成功裡に終えたことをここで書き添えたいと思います。

シンポジウムの様子は各新聞に大きく取り上げていただきました。
このシンポジウムが成功裡に終わったのも「女性能力開発委員」の諸先生方及び当センターの目崎婦人労働室長方々の五年間の総まとめの発表の賜物です。また、ご協力いただきました関係各位に心から感謝申し上げます。

《働く女性の課題は》 現状に合った婦人運動を…と話し合う
シンポジウム　愛知県婦人文化会館で

女性の平均余命は当時八十歳。子育てを終えてからの約四十年間をどう過ごすか。このごろ目立つ女性の職場進出は、その一つの回答とみていい。しかし「職場進出の中身が問題」と愛知県婦人労働サービスセンター所長の深見正子さんは言う。
同センターが、このほど愛知県婦人文化会館で「女性の職業能力の育成と活用」をテーマに開いたシンポジウムと、愛知県下の民間企業の管理者を対象に行った実態調査「婦人労働力の管理と育成」から、働く女性の問題点をさぐってみた。

（中日新聞　昭和五十八年十月二十一日）

学生時代から自己の将来設計を

婦人労働サービスセンターに勤務してつくづく思ったことですが、センターの門戸をたたいてくる女性たちは、「子育てが終わり、教育費がかさみ再就職をしたいけれど資格もなく、年も若くないし」「この求人票をみますと、三十五歳位までですと何とかありそうですね」「三十五歳過ぎるとなかなかむずかしいですね」と、ためいきをついて帰っていきます。この状況を目の当りにすると、学生時代から将来計画を立てることが大切であることをひしひしと感じました。五十九年度は精力的に女子大学へ出向き啓発に務めることの必要性を痛感しました。

この計画を実行したいと思った動機は、以前児童記念会館に出向していたときの経験にあります。ホールで公立大学の学生が地元の児童に英語劇を指導した時のことです。担任教授が「教員採用試験を受けたが不合格であった。学校としては、まさか、この生徒が不合格とは思いもよらなかった。学校では自慢の生徒です。どうしてか？ 原因は何か」と県に尋ねられ、今後の参考にしたいと懇願されました。私が教育長に面接し、尋ねたところ担当職員から「面接でだめでした。〝暗い感じの印象〟であった、とのことです」と返事をもらいました。このことを伝え教授は納得されました。

私も、その生徒に時々会っていました。静かで上品で、身長も高く礼儀正しい模範生だなと見ていました。

同じような相談がありました。公立大学の女性です。愛知県の採用試験面接で不合格の通知を受けました。

私は「謹聴と緊張の連続と、試験官は父親よりも年長の方々で、本当にびっくりされたことでしょうね」と話したところ、彼女は「父も兄も国家公務員ですが、原因はわかっています。先生にはわからない事ですから、あきらめました」と言いました。私はそれ以上何も聞きませんでした。「貴女は学歴も良く、資格をお持ちでいらっしゃれば、心の美しい公立幼稚園の先生になられ、末は園長になられては」と励ましました。

喫茶店で隣席から若い方の談話が聞こえてきました。大学生のようです。

〝公務員試験合格おめでとう〟とジュースで乾杯し、「ねえ、試験むつかしかったでしょう。面接はどうだったの」と尋ねる声が聞こえた。合格者は「第一回目の面接試験者は、とっても多勢でびっくりよ。第二回目はその二分の一となり、第三回目は、またその二分の一、第四回目は、またその二分の一、第五回目の面接者は少なくびっくりしたわ。五回も面接したのよ。試験官は五回とも違うお方よ。質問内容は五回とも総て違っていたのよ」

さらに会話はつづいて、「皆、在学中に教員免許を取得してよかったね」という話し声も聞こえていました。

よもやまばなしに花が咲き、これが動機となり、シンポジウムでの課題と、女子大生の悩みを解消すべく計画を樹立しました。

「大学で就職への心構え」の講演会

各大学で「新しい時代の旅立ち、就職への心構え」という講演ができるように、派遣講師についての計画起案文書を、センターの就業援助室長が労働部担当課に持参したところ、前例の無いことはするな。講師派遣料は予算が無い。センター内の職員がしても旅費が無い。センターの教室は、年間計画があるので出来ないことはわかっている。次年度計画として提出されれば検討する。「予算にないことはするな」と申し渡されました。

「もし、どうしても実施したければ、上司の部長か知事に言ったらいいだろうな……」と言って、アッハッハッハと笑っていたと、私に報告がありました。翌日、担当補佐が労働センターに来所され、本課で相談した結果、時代の要請に応ずる必要もあるから予算のないことを承知の上ならばよろしい。県職が行う場合は、もし交通事故に遭遇したときの処置を考慮し、公務員としての事務手続きは必ず執るよう助言されました。本課内では、深見所長は、消費生活センターで前例があるので「やるだろうなあ」と、噂していたそうです。

大学生の悩みの声を受けとめ、各学校からの要請に応じ講演を行いました。愛知県立大学、名古屋女子大学、椙山女学園大学、名古屋栄養短期大学、豊橋短期大学、愛知大学、中京女子大学等で講演しました。皆さん真剣でした。

女性のための職安〝大繁盛〟

助言から技術講習まで女子大生に〝啓発講義〟

近年、働く女性が増えている。とりわけ、主婦の職場への進出は目ざましく、愛知県の場合、女子就業者の三人に二人が主婦という高比率。働く理由も、教育費や住宅ローンの支払いにあてるなど生活補助的なものから、かつて取得した資格を再び生かしてみたいという生きがい派までさまざま。こうした就職を希望する女性のために、愛知県では五十三年から「愛知県婦人労働サービスセンター」（名古屋市中区大須、深見正子所長）を発足、就職に関する指導助言から、あっせん、さらに技術講習会の開催まで、いたれり尽くせりの啓発活動に力を入れている。

新たに女子大生を対象に「自立するための心構え」など女性の能力開発の〝講義〟を各大学で開いている。

女性就業者で、育児などで忙しい二十五歳から三十五歳までの就職していない女性のうち、職に就きたいと希望する人は、三人に一人と言われ、今後ますます女性が職場へ進出するケースは増えてくると予想されている。

しかし、女性就業者の三人に一人がパートやアルバイト。それだけに「退職金や労働条件、解雇など、雇用をめぐるトラブルが多い」（同センター・大塚相談員、弁護士）という。

こうしたトラブルを回避するため、同センターでは、まず、相談に来る女性に対して、心理担当者が、「家庭環境やその人の心理状態などを調べ、就職のための問題点の解決に当たる」（堂谷内主事）

その後、どの職業に適しているかなどを、職業紹介相談員と細かく打ち合わせ、手に技術を持たない人のためには、例えば「経理事務、動力ミシンなどの講習」（二十一日間＝百五時間）も用意されている。昨年は、日商検定簿記（三級）試験に、全員合格の実績を持っている。

また、同センターでは今年から、深見所長が愛知県下の各大学（七月までに十二校）を回り、「女性が自立するためには経済力が必要で、それには就職しなければならず、そうした心構えや能力発揮の仕方などについて話した」など、地道なアプローチ戦術をとっている。

このように、同センターは〝女性だけの職安〟と言えるが、深見所長はなぜ働くのかなど目的意識をきちんと持ち、自分の働ける範囲の労働市場がどんなものか自分でよく調べてほしい、とアドバイスしている。

なお、同センターでは職場の女性リーダーのための能力開発セミナーの受講者を募集している。

（中部読売新聞　昭和五十九年八月二十六日）

資格を取ろう　公的免許は再就職に有力な武器

〈ゲスト〉愛知県婦人労働サービスセンター所長　深見正子さん

――「男は外、女は内」という概念はもう昔語り、昨今では主婦も仕事を持つという意欲がはっきりしてきましたね。

「なにしろ働く女性の三人に二人までが主婦で、そのうちの三人に一人はパート仕事やアルバイト勤めをしているとか。男子の就労形態は山高帽型なのに、女子はMの字型といわれるように、学校を出て三年ほど勤めた後、結婚し、子育てのメドが立つころ再就職する傾向がはっきりうかがえます。その場合、教員や看護師などの国家資格を持っている人とそうでないのとでは、就職率に差がつきます」

——公的な免許は有力な武器になるのですね。

「そうです。人生百年時代を生きがいを持って将来設計を描こうと思えば、学生時代に何か一つ資格を取っておくことが大切です。

公務員は別として民間企業の場合、結婚を機に退職を迫られる風潮が根強いようですから簡単にいい働き口が見つかるわけではありません。四十五歳過ぎから働きに出ようとすると、至難のわざに近いですね。その時、モノをいうのが専門職の免許なのです」

——主婦を就労に駆り立てる理由は？

「異口同音に教育費を稼ぎたいから、とおっしゃいます。自分の小遣いが欲しいという婦人は、おられません。いかに子女の教育費負担が家計に重くのしかかっているのか、手に取るようです。女子の大学進学率が四〇％を超し、高学歴社会は年々影を濃くする一方ですから、夫の収入だけでは到底やりくり不能なのでしょう」

――資格を取るといっても、中年からでは限られますが。

「当センターでは一般受けする簿記講習会（受講料は無料）を開設、一日五時間手のあく昼間をねらって週二日ずつ述べ二十一日間にわたり、主婦に経理事務の技術を身につけられるよう手助けしています。基礎講座の定員は二十人（上級講座は三十人）に対し受講希望者に百人という狭き門で、なかなかの好評でして……」

――ホーッ、すごい人気ですね。

「主婦業のかたわら技術を身につけ資格を取れるのが魅力なんでしょう。受講生の平均年齢は三十二歳。修了すると、日本商工会議所の三級検定、上級講座修了者なら一・二級検定に挑戦できます。簿記にたんのうな婦人なら会計事務所、法律事務所、一般企業から引っぱりだこ、就職率は百パーセントですからね」

――どのくらいの月収が期待できますか。

「時間給で五百―千円と職種によりまちまち。しかし、愛知県の最低賃金(四百六十三円)より高いですね。九月から販売事務（パソコンを含む）の技術講習会を新設しようと、準備を進めています。求人が増えつつある小売店業界のニーズにこたえるわけ」

——就労経験ゼロの主婦だと大変でしょうね。

「家庭にいる間なら、子供あるいはご主人本位で家長さんとして切り盛りするだけで済みます。が、一歩足を外へ踏み出せば、人園関係やら職場の秩序などわずらわしいことに直面させられますから……」

「なによりも心をすえてかかることが、要求されます。ひまつぶしのつもりで……という安易な考えは禁物、最後まで踏ん張れる気力で立ち向かう姿勢がない限り、棒を折るハメになるでしょうし、家事と仕事を両立させることは無理ですよ」

（中日新聞　昭和六十年五月二十二日「ざっくばらんに」編集委員・高崎勇）

県職最終年は広報活動を活発に

婦人労働サービスセンターも〝婦人のために〟のキャッチフレーズが効を奏して、社会的にもより知れわたっていましたが、昭和六十一年四月から「男女雇用機会均等法」が施行されるにともない、なお一層脚光をあび、各関係方面から、ＰＲをしていただく機会が多くなりました。

ここで印象に残ったものの二、三を上げますと、まずビックなものはＦＭ愛知「話題の泉」

で六月二十日から二十四日までの五日間（月曜日〜金曜日）「主婦が働くとき」と題して連続放送させていただきました。

またお茶の間経済ゼミナール「主婦の就職」ＮＨＫラジオでゲストとして出演、ＮＨＫ新井アナウンサーの司会で楽しく対談させていただきましたが、その時、ラジオを聞いていた産業カウンセラーの富村波子さんからお便りをいただき、放送の威力におどろきました。

その時のお便りをご紹介します。

「ラジオのスイッチを入れると、なつかしい深見さんのお声が流れてきました。関心のある番組でしたので、スイッチを入れたのに、びっくりしました。最後まできいていました。(特に印象に残りました)ご主人と仲睦しいお姿が目に浮かぶ様でした。お人柄なのでしょうね。どうぞおからだに気をつけられて、お元気でがんばって下さい。」

テレビへの出演で、とても印象に残っているのは、テレビ愛知開局早々に行われたインタビューです。その時の女性インタビュアーは松下昌子さんで、若くて美しい彫りの深いお顔立ちの方でした。

企業が求める人材となるために

人生八十年、現代百年（令和元年）、子育て後、女性自身の人生をどのように送ったらよいのでしょうか。現段階においては、女性の就職は腰掛けに過ぎないと言われるのが一般的です。

昭和六十一年四月「男女雇用機会均等法」が施行されるにともない、男女の差は縮まってきていると思われますが、現状では男の意識、女の意識はもとより、企業側の男性優位の雇用システムが容易に変わるものではありません。

働く女性自身が意識を改革しなければと思い、依頼された企業に積極的に出向いて啓発に務めました。その例として、東海理化労働組合を皮切りに、松下電工株式会社、キューピーマヨネーズ株式会社で、働く女性を中心とした能力開発につとめました。

その他、一般啓発として申込みに応じ、東三河消費生活センターの一日教室、一宮消費生活講座、小牧市地域婦人会、半田市消費生活講座、岩倉市地域婦人会、碧南市消費者保護協会、名古屋市婦人会館主催の相談員研修等の講師として、主婦の再就職の心構え、現代女性の生き方等について講演をしました。これを契機に再就職された方々もありました。

男女雇用機会均等法施行後企業はこの法律を重視し、女性の職種拡充へと転換を計り、厚生労働省公共職業安定所の重要性が国民に浸透してきました。女性高齢者のための「あいちマザーズハローワーク」（名古屋市中区伏見）には、七十歳代の求人もあります（職安職員）。

愛知県婦人労働サービスセンター所長として勤務……さらば

一九八三年（昭和五十八年四月）～一九八六年（昭和六十一年三月）、愛知県婦人労働サービスセンターに所長として勤務しました。就任したのは「男女雇用機会均等法」が施行される前年であり、テレビ出演の機会が多く、渉外活動として多忙な勤務でした。

しかし今日では、均等法により女性就労者が多くなると共に、高齢社会の問題が多く見受けられるようになりました。その問題と解決の参考資料として「厚生労働白書」（編集厚生労働省）から発刊されています。現状を理解し今後の方針を立てるために、とても良い参考教材です。

とくに今後少子高齢化に伴い、さまざまな問題をどのように乗り越えていくか、行政関係者は地域問題の改革計画が必要です。「厚生労働白書」を一読され、参考にされることを願うものです。

私の県職として最後の勤務でした。

愛知県婦人労働サージスセンター所長時代（昭和 60 年 5 月）

全国婦人労働センター所長会議出席
翌日、愛知県選出国会議員水平豊彦内閣官房副長官より総理官邸へ招待後、
迎賓館見学　中庭にて撮影（昭和 59 年 7 月）

第二の人生

第二の人生略歴

1　愛知県中小企業労働相談員　専門相談員　愛知県知事辞令
2　名古屋家庭裁判所家事調停事務委嘱　名古屋家庭裁判所長辞令
3　労働省愛知婦人少年室協助員（監査役）　労働大臣辞令
4　名古屋市天白区地域環境審議会委員　名古屋市天白区長辞令
5　財団法人愛知県教育振興会子とともに派遣講師　愛知県教育振興会会長辞令
クラブ会員の推挙にて入会
(1)　日本消費生活相談員協会愛知県支部会員　電話「一一〇番」担当実施
(2)　日本退職女教師愛知県支部会員　監査役
(3)　日本有職婦人クラブ　愛知県有職婦人クラブ会員　全国財務委員長
(4)　愛知国際交流協会会員
(5)　金曜サロン会員
(6)　ＦＥＣ民間外交推進協会名古屋支部会員
(7)　財団法人シニアルネッサンス財団認定シニアライフアドバイザー
人生百年時代、仕事や子育てを終えた後、明るく健やかな老後を模索する人に、適切な助言をする専門家です。

就職活動の羅針盤としての労働相談員

当時の管理職は、定年五十五歳、六十歳に達すると年金支給となり、五年間は非常勤として勤務することも可能でした。

退職した年の四月一日より愛知県中小企業労働相談所同労働相談員嘱託となりました。嘱託職員は、勤務時間は一週間で何時間、給与は月決めと定められ、労働相談所長は現職、他は労働相談員三人（男性二、女性一）、労働専門相談員（大学教授）二人は週一回。

女性の仕事は「早朝出勤、施錠開け、所内掃除、湯沸かし、出勤職員へのお茶出し、来客へのお茶出し、電話受付、文書受付、公文書の発送（銀行収納振込、記帳）、給与関係」です。

しかし私は、労働相談員としてのプライドがあり、積極的に相談に応じました。

相談内容の一例

四十歳代後半の息子の就職について

相談者は母親（七十歳くらい）で息子の再就職に困っている。高校を卒業し、遠縁の食品小売店に就職したが、その店が閉店となり、再就職先を探している。しかし再就職が困難な理由として「息子は中学一年の頃、自転車事故で傷を負った」という詳細な話を聞き、私は住居の近くの役場に行き、その実情を話すよう伝えた。その後相談者の母親から明るい声で「お陰様で役場の職員様から、ハローワークに行って相談するよう連絡を受けました」と連絡があった。その結果、ハローワークから大型店舗でその方に出来る仕事を紹介され決定したとのこと。仕事は単純で定年まで勤めることができることで感謝されました。

元女性官吏職員に、雑用をさせるとは

労働相談員経過一年半頃、OBの元尾張繊維技術センター佐藤所長が、来所され「管理職員であった女性に雑用させるとは、女性能力軽視だ。この現状を県庁の上層部に交渉してくる」と怒り顔で帰られました。

OBの佐藤所長とは県尾張管内の定例所長会議で同席していました。交渉の結果、女性の柴田総合労働相談員を嘱託として採用されました。柴田相談員は、大企業に就職し、結婚で退職されていて、性格は明るく礼儀正しく、仕事は迅速であり誰からも信頼され優秀な方でした。平成二十年頃定年退職されました。その後地元の高齢者クラブの役員として活躍中です。

元尾張織維技術センター佐藤所長及び柴田総合労働相談員のお陰で、私は労働相談員の職務に専念出来たことを感謝しています。ＯＢ佐藤所長は「もの知り博士」と言われる有名な方です。

労働相談の仕事は続く

当時加藤労働相談所長が、大臣表彰の公文書を見せながら、「深見さん、この文書は？該当者はないと思う？」と相談を受けた私は、「当所専門相談員の先生方は、勤務年数二十年以上に達していらっしゃれば該当いたしますよ」と申したところ、二名の該当者がおられ、その二名は表彰されました。その後も後輩の方々が表彰され大変喜ばれ感謝されました。

その後、私は労働相談員を任期満了退職しました。その一年後、中小企業専門労働相談員嘱託として相談に応じました。

相談内容について、私は相談者に、男女雇用機会均等法の説明、その他女性の職場不満に対するカウンセリングを行いました。また、就職希望者にはハローワークを紹介しました。

その後、任期満了となり退職しました。

引き続き、労働省婦人少年室協助員委嘱の大臣辞令を受けました。協助員は年四回、主として男女雇用機会均等法施行進捗状況について、全国及び県内の状況報告をきき、このことに対し各協助員は問題を提起し、情報を交換しました。また協助員会員の組織として、会長は中部電力株式会社役員、副会長は豊田自動車株式会社役員です。この役員の推薦により私は監査役を務めました。監査終了後、豊田副会長は私に「私は自社の車で帰りますのよ。また、愛知県の委嘱委員の時にも県庁に車でよく来ていますし、どんな遠いところにも、この車を運転して行きます」と仰いました。

自社愛として心に強く残っています。

平成五年頃、フィリピンのアキノ大統領が男女雇用機会均等法施行についての視察で来名されました。アキノ大統領、森山真弓文部大臣（元労働省婦人少年室長）、中島芙美子労働省愛知婦人少年室長と、労働省愛知婦人少年室協助員の私も、記念撮影をともにした懐かしい思い出です。

任期満了により、労働省婦人少年室協助員退任。名古屋家庭裁判所家事調停事務依託を受け、任期満了に伴い退任。同所所長より表彰状を授与しました。

講演で伝えたこと

現職時代に就得した知識及び各関係機関との連絡調整したときの人との関わりから得た情報をもとにし、退職後種々のボランティア活動をしました。

教育関係では、愛知県婦人教育会館河合田鶴子事務局長の推薦により①「子とともに」の講師及び②「悩みごと相談員」となりました。

「子とともに」の派遣講師として、愛知県教育振興会の辞令を受けました。

県下の小中学校から講話の依頼があり、希望テーマに添って、消費問題は県生活課発行テキスト、家庭教育問題は「よい手本見せていますか　あなたの家庭」(県青少年婦人室発行)、「親の願い子の心」(名古屋市教育委員会発行)などをテキストとして頂き使用しました。

現職時代にお世話になった名古屋市教育委員会稲垣教育長に、小中校長会に派遣講師として紹介していただき、名古屋市内での講演も多くありました。

北設楽郡豊根中学校でPTA会員向けに講演しました。

演題は「最近の消費者問題について」。

北設楽郡は愛知県最北端で、現地に到着するまでは山道、山、また山の長い道程でした。到着して車を降りた瞬間、さすがの私も身体に異変を感じ心配でした。ところが地元のP

TAの方々の温かさとお人柄の良さに感激し、山、また山の美しい風景は懐しい思い出の一ページです。愛知県で一番印象深い学校でした。

講演の最後の言葉は、「子は親の背中を見て育つ」。昔から誰もが知っている諺です。子供はほめて育てるものです。褒めている親は、自分を褒めていることになり、相手を褒めていることは二倍の喜びです。明るいのびのびした良い子に育てましょう。

講演では教育プランへの関心が高かったので、この機会に記しておきます。

○教育、職業は財産なり

一、夫婦円満は家庭生活を安定させる。

二、子供の教育は財産の根源である。

三、職業は財産なり。

一から三までの詳細について記述します。

(一)、子供の教育は、夫婦円満であることが第一条件です。妊婦は胎児に優しく語りかけたり音楽を聞かせたりして下さい。

(二)、乳児は話せないので、泣き方で訴えます。泣き声が乳児の言葉です。一日中、おとなしく、よく眠り、泣かない赤ちゃんにはご注意。医師にご相談を。

(三)、成長したら年齢に応じた対応が必要です。最近では早い方が良いと思われ、0歳から保育園へ預ける家庭もあります。

(四)、小、中学生になると、本格的な塾通いです。

(五)、高校生は、海外留学またショートステイ等することがベターです。英語の免許取得が目的です。

(六)、大学生になりますます忙しくなります。卒論初め、就職活動、資格取得、毎日(月火水木金)指定されている授業に出席、就職のための特別授業に出席します。アルバイトの時間はありません。つい話に乗ってアルバイトをした暁には、学業の出席日数不足で卒業できないこともあり得ると思われます。

学資金の御相談は学校の担当教授にお尋ねされたらよろしいでしょう。

「学歴と国家資格の所有者」は就職にとって一番有利と思われます。

(七)、大学在学中に資格、免許を取ろう。国家資格は一生の財産です。その資格を生かして就職するのがベターです。

以上、自分の特技を生かして職に付くことができれば最高ですが、「言うは易し、行うは難し」で現実は厳しいものです。

教育、職業は財産

ハローワークには在学中から行きましょう。公共職業安定所、またハローワークに頻繁に足を運んで職を探せば、必ず良い職場が見付かります。

どうしても理想の職が見つからない時は、ハローワークの紹介または直接県立高等技術専門校に行き、技術を修得しましょう。

近年、特に国家資格取得者を重視する傾向になってきました。

資格取得の有利な方法は、高等学校卒業以上の学力を有する者。県立高等技術専門校に二年間在籍して国家資格を取得すれば、就職率は百パーセントです。

なお、学歴は大学卒が有利です。

ある喫茶店での中年女性の話し声。

女性A「うちの息子ね、今、東京の税務学校で勉強しているの」

女性B「えっ、そんな学校あるの」

女性C「羨ましいわ、どうしてそんな良い学校にお入りになったの」

女性Ｂ「お宅の息子さん旭ヶ丘高校卒業ね」
女性Ａ「財務関係の国家試験に合格しているのよ」
女性ＢＣ「やっぱりね。難問の試験に合格しているのよね」
女性Ａ「まだあるのよ。国税関係は大学卒業よ」
女性ＢＣ「まあまあ高望みはしませんわ、私共はねえ」
でこの一節は終わりました。
以上の機関は、法律、条令に基づいた機関であることを付記します。
国家、地方公務員を希望する学生は、関係機関の情報把握に努めること。インターネットを活用するか、または就職担当教授に相談されること。先輩を訪ねたり、希望の職場を訪問したり、雰囲気に慣れることも必要です。
現代は男女雇用機会均等法により、男女間の職種差別が無くなってきました。学生よ、就職を目指して勉学に励んで下さい。国家資格所有者で大学卒は一番有利です。

悩みごと相談員

愛知県教育サービスセンターの委嘱を受け、当初は昼間担当でしたが、その後夜間の担当を依頼されました。交通の不便さと夜道が危険なためにタクシーを利用していましたが、活動は大変でした。

こんな相談がありました。

相談者は六十代後半の女性。相談内容は、小学三年生のA孫は、授業中大声を出して校庭へ飛び出し、他の仲間も一緒に飛び出して行き、そのA孫に仲間は従い先生も困っている。小学校一年生の弟も、兄のA孫が暴力をふるうので精神的に異状をきたし、入院している。その母親は、私の娘です。離婚し病気がちで入退院を繰り返し、四人で生活を共にしている。三年生の孫について担任の先生に相談しても先生方も困っている。毎日毎日夜も心配で寝られない。

相談内容を要約すると以上のようなことです。

相談員の私は、相談者の祖母とその母親と共に、直接、名古屋市児童相談所に行き相談するように伝えました。「その結果を悩みごと相談所にお知らせいただければ好都合です」とも伝えました。一か月後、「三年生の孫が児童相談所に入ることができました」と相談記録簿に記載されていて、安心しました。

当センターは愛知県教育会館内にあります。

悪質商法にご用心

内容は省略しますが、日本退職女教師連合会愛知県支部主催で、悪質商法についての「寸劇」を上演しました。

寸劇終了後、会員から「あまり上手なので深見先生以前このような商売をしていらっしゃいましたか」（出席者一同大笑い）という声が上がりました。私は現職中に悪質商法の実演会場を見学し、実演中の悪質説明者から突然指を差され、「そちらのいちばん後ろの婦人会長のような顔をした女性、なぜあなたは手をあげないのか」と迫力のある声で怒鳴られ、大変恐ろしい経験をしたことがあります。終了後、早速その会館のオーナーにこのことを伝えました。オーナーはすぐ立ち退きを命ぜられ、被害を未然に防止できたという経験談を話し、私も皆様とご一緒、退職女教師の会員であり、監査役を仰せ遣っていますのでご安心下さいと、発言すると、一同大笑いされ、和やかなうちに会を終了しました。

また別の機会には、「悪質商法はっきり断わろう、不明電話」という講演会が江南市老人クラブ主催で開かれ、講師を務めました。

最近、詐欺師の手口がますます巧妙化してきました。防衛策としては、電話で突然お金の話が出たら、ためらわず電話を切ることに尽きます。まずは自己防衛です。特に一人暮らしの方は、人様の声の懐かしさにつられ、ついその気になってしまうので御用心。代理人だとか友達、会社の同僚と言うような、電話でのお金の話は無理に聞かないようにしましょう。特に女性の場合、電話好きで相手からの電話ということで安心して、つい話に誘い込まれ、「お金を……」と言われ、神経を錯乱させてしまい、正常さを失うのが人間の性です。「留守番電話にしておいて、知人であれば出る」《見ず知らずの人からの電話は必ず切りましょう。》

明治生まれの父親からよく聞いた格言、「後悔　先に立たず」。

（中日新聞　平成九年七月二十九日）

近年の消費生活問題とその対策

この課題について名古屋市教育委員会は、名古屋市地域婦人会に委託されました。これを受け当市婦人会会長は講師の推薦を次の方に依頼されました。

金城学院大学今井教授（日本消費者教育学会会長）、深見消費生活コンサルタント以上二名。

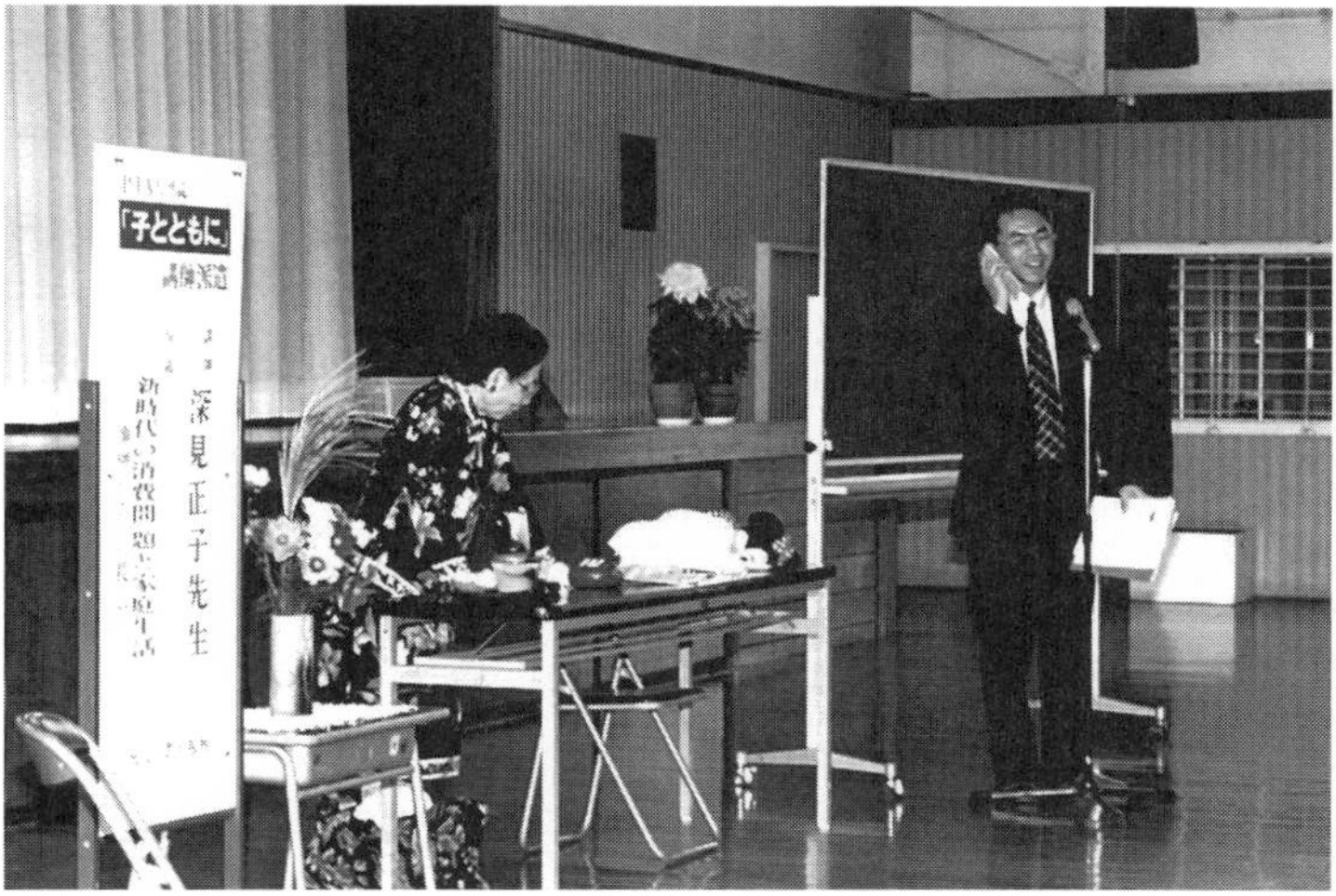

愛知県教育振興会子とともに派遣講師
名古屋市立K小学校で教頭と寸劇。紳士録を勧誘され教頭ははっきり断った。本人は翌年校長に昇格。
紳士録を契約した後、多額の費用を請求され困って消費センターへ。「悪質商法」として消費センターで解決婦人会委託事業の会場は名古屋市婦人会館、委託事業テーマ「近年消費生活問題とその対策」。

講師の今井教授は総論を担当され、私はチーフ役として各部門別（各論）に分け、会員の実態調査の纏め、会員の自己啓発、団体啓発、行政指導に分けて指導した一年間がいちばん印象に残っています。

職場におけるカウンセリング

主催　日本産業カウンセラー愛知支部　講師　シニアライフアドバイザー深見正子

三十歳前後の男性社員、国立大学卒業、無口でおとなしい性格。仕事上で上司から毎日のように注意されていたところを同僚はしばしば見受けた。その後男性から医師の診断書が提出され休んでいた。それが職場内で話題となり、同僚が見舞い方々現状を見に行ったところ、翌日には出勤したので、私は社員に面接し、職場内の苦情を傾聴した。私は若い時は誰しもが経験することであり「妻も子供もあるあなたは一家の大黒柱ですよ、気持ちを大きく持ち、子供や妻に悲しい思いをさせないことですよ」と諭した。その後社員は職場を変わり反省し、明るく仕事をするようになり最後に管理職として定年で終えたことを聞き、傾聴の必要性を痛感した。〝自分の過失に気付く大切さ〟

若者には学問はある。年長者には学識（経験）がある。時には上司の苛めもある。

妻は家庭内に不満があっても言わない。出勤時は心配事を言わないで優しく笑顔で送り出す。帰りは買い物を頼まないこと。この上司は妻に不満を持ち社員をいじめていると、私は判断した。

シニアライフアドバイザー

このアドバイザーは、明るく健やかな老後を模索する人に適切な助言をする専門家です。組織は一般財団法人シニアルネサンス財団であり、国民生活センターの消費生活相談員との連携が密です。

講義テーマ「老後を考える」寸劇―老後は施設か在宅か。ロールプレイで考える
講習会場　シニアライフアドバイザー養成講座名古屋会場　第二回生講座
寸劇のメンバーはＳＬＡ第一回生と現二回生との共演で台本は私が担当しました。
重点課題「老人ホームに入居」良か否か

その1「愛知家」専業農家　義母は認知症で、しきりと徘徊し「死んでも老人ホームはいや」としきりに言う。

その2「名古屋家」教師、共働き夫妻
おばあさんは元教員でした。脳血栓で倒れリハビリ中、体が弱ってきたのを自覚して家族に迷惑をかけたくない、嫁には勤めを続けて欲しい、老人ホームに入りたいと、家族に告げる。

このロールプレイングにより、受講生にどちらを選ぶか決めてもらいました。受講生五十六人は名古屋家八十二パーセント、愛知家十六パーセント、どちらとも言えない二パーセント。家族に囲まれて一生を終わるのが人間の本心でしょう。

名古屋家は、早速区役所福祉課に、特別老人ホームに入所申請に行きました。ケースワーカーに「現在施設が少なく申込者は多く、一年半から二年待ちを了解のうえであれば申込んでください」と言われ、申込みました。

愛知家は、ヘルパー派遣申請、デイサービスを申請、ショートステイも依頼しましたが、これでは家族も家事や仕事ができず、困っているのが現実です。仕方なく家政婦を雇っています。それに対する経費と家族の労力は大変です。これが現実です。

名古屋家の老人は年金生活者であり、安定した生活を過ごしていました。
老人ホーム入居希望の要件
当時は入居申込の希望者は、一年か二年の順番待ちであったという家族の話です。
この名古屋家の場合は、知人が、特別養護老人ホーム勅使苑に入居しているから、同じところを希望していることを知り、家人が直接見学方々申込み、区役所にその旨を伝えたことで早く入居できたと思われます。区役所に申込んであるから順番待ちをしていればいいと、役所まかせはいけません。第三の人生で詳細に説明することにしましょう。

（中日新聞　平成八年十二月十二日）

「けやきの家」社会福祉関係に協力、現在に至る
障害児を持って社会福祉事業に生涯を尽す私の友人の活動歴。
昭和四十四年七月、東京にて消費生活コンサルタント養成講座受講の機会を得て、以来の友人です。
受講生は中年女性が多く、全国から集まった八十人の内、県の職員四十パーセント、愛知からは私一人だと思っていたところ、若い冨田紀子さんがいらっしゃいました。お会い

して私と同郷であることを知り、益々親しくなりました。冨田さんは同年三月に金城学院大学家政学部を卒業する予定で、教授から消費生活コンサルタント受講の推薦を受けられました。終了後、消費生活相談員として職業に従事したいと挨拶されました。

冨田さんはこの講座受講がきっかけとなり、当県消費生活センター開所と同時に相談員として勤務されました。

昭和四十七年頃、冨田相談員は結婚を機に退職されました。冨田家の実父は開業医で、実兄は当時名古屋大学医学部附属病院産婦人科の医師でした。

山縣（旧姓冨田）さんは一年後に男子を出産され、喜んでいましたところ、赤ちゃんは心臓欠陥と口蓋裂という二重の障害を持っていることがわかりました。私は、夫と共にお父様に「どうかこの子を助けて下さい」と懇願しました。

お父様は「今の小さな体では手術はかなわない」「今は医師を頼みにするのではなく、母親が医者になれ」と、きっぱり諭されました。夫妻共々目がさめ、それ以来、お父様の教訓通り、長男の育児に努める毎日でした。

私は長男の通院の経過を見守るばかりでした。

三歳になり、名古屋大学病院で口蓋裂の手術を受け無事に成功し、食事をうまく飲み込めるようになりました。

山縣さんは父の教訓を一生の宝物と心得られ、同じ境遇の方々に呼びかけ「親の会」をつくり、そのメンバーが中心となって施設の必要性を訴え、関係機関、行政、地元の方々の指導、協力をいただいて今日に至ったと伺っています。

「親の会」をもとに、施設に必要な予算捻出方法を話し合い、バザーなどを行い、寄付活動を行うなどして、春日井市初め関係機関、地元のご理解、ご協力を得て社会福祉法人を設立し、施設建設を達成しました。山縣会長、施設長誕生、現実に我が子と共に親の悲痛な叫びをよく理解され、地域の方々からも信頼され、尊敬されていらっしゃいます。

山縣会長の建設資金集め奮闘中の思い出に「赤い羽根募金」があります。山縣会長から私に資金援助相談依頼があり、早速、愛知県共同募金の渡辺会長を紹介しました。山縣会長は直ちに募金会の会長に会い、つぶさに現状を訴え、募金のお願いをされました。

後日、同会から多大な資金の許可を得られ、これによって同市役所からも一層の協力が得られました。

不用品供出依頼に協力。

山縣会長から、赤い羽根共同募金会への御礼の電話を受けた時、資金集めのための「バザー」を行っているので協力してほしい旨の依頼がありました。

私が「家の倉庫に孫のベビー用品や冠婚葬祭の引き出物がある」と伝えたところ、山縣会長は翌日早速会員と共に自宅に来られました。

運搬車には「愛知県赤い羽根募金寄贈」と銘記されていました。当日は一つ目の倉庫のベビー用品などを持ち運び帰られました。

翌日は、もう一つの倉庫にある引き出物類、日本陶器製食器類、七宝焼花瓶、置物、額縁入り絵画、抹茶茶碗、常滑焼急須などです。運搬車に積み込みながらびっくりされていました。尾張地区は徳川幕府御三家の一族である誇りから、御先祖から華美な風習が守られ、昭和年代まで受け継がれている土地柄です。

後日、山縣会長から御礼の文書と共に、その日のバザー収益会計報告書を拝見させていただきました。思いもよらない金額でびっくりいたしました。しっかりした会計事務処理に感心すると共に、お役に立てた事の喜びを感じた次第です。

その後、平成九年（一九九七）七月、「社会福祉法人けやき福祉会」と法人設立が認められ喜びの電話を受けました。

山縣さんは、初代社会福祉法人けやき福祉会理事長として活躍中です。

要介護の長男と夫妻三人で生活していらっしゃいます。次男、三男はそれぞれ家庭を持って平和な生活を送っておられ、兄弟仲良く、長男の面倒を見てくれているお陰で、役員も務められておられる今日です。

愛知有識婦人クラブ定例会で役員承認

平成初めのことです。愛知クラブの会議中、全国有識婦人クラブの林財務委員長から、突然「提案事項として、全国財務委員長を今日出席されている深見さんに交代させていただきます。このことは、本部は了解ずみです。愛知クラブの皆様にもお伝えいたします」という発言がありました。私は咄嗟のことで、「それはお引き受け出来ません、先輩がたくさんいらっしゃいます」とお断りいたしました。林財務委員長は「全国クラブ役員会で承認ずみですから引き受けてほしい。深見さんは県職を退職されたのでよろしいでしょう」と、一方的に発言され会員一同賛同されましたので、やむを得ず承諾しました。林財務委員長は、叙勲の栄に浴されました。私に御恩返しとしての役員交替でした。

全国有識婦人クラブの役員会、総会が東京都内のホテルで開催されました。

会議が終わり、その後パーティーは全国の各クラブ員、外国人女性も多数出席のもと和やかな雰囲気でした。来賓として参加されているデンマーク大使高橋展子元全国当クラブ会長、赤松良子労働省婦人少年局長を囲み、当愛知クラブ員服部勝尾愛知県会議員、深見正子全国クラブ財務委員長（本人）の記念写真をとりました。

パーティーの席上、愛知クラブの女医から学校医三十年になりますと相談を受け、学校長に申し出され叙勲の栄に浴され、大変喜ばれました。その数か月後、私は身体不調となりドクターストップがかかり、平成四年十月頃、有識婦人クラブを脱会いたしました。

しあわせ電話相談・消費者「一一〇番」

相談員となった動機は、消費生活センター第一期講座終了生の城所相談員から、しあわせ電話相談員が不足しているので「深見先生お願いできませんか」と依頼を受けたことです。しあわせ電話相談は社会福祉会館内相談室で行われています。相談の一例をあげてみましょう。

「毎月変わったこけし人形を集めませんか」というテレビの宣伝を見て申し込んだところ、二ヶ月目に同じ人形が送られて来たので電話でお断わりしました。三ヶ月目にも同じ人形が送られてきました。お断りしたにもかかわらず送られてきたので困っております。

相談を受けた私は、「葉書きに、こけし人形は何年何月何日付にてお断りします、と書いて郵便局から簡易書留で送付し、必ず控えを保管し、それでも送られて来た時は、電話で相手にその旨を告げて下さい。それでもだめな時は、市町村役場に簡易書留の控えを持参し、消費生活相談員に申し出ること」と伝えました。

一般的に、間違った物が送られて来た時に、慌ててすぐ電話で断ることがあります。口答で断った時も、何月何日何時頃に誰に断ったか、相手の氏名を尋ね、はっきり手帳に書き留めておくことです。しかし、重要なことはハガキに書いて簡易書留で断ることです。

FEC民間外交推進協会名古屋支部会員

昭和六十一年九月頃、名古屋支部長推薦でFEC民間外交推進協会に入会しました。FECは国際的な視野を広め国内外の情報と、国際的なボランティアを行っています。年一回、外交官を招き講演会も開催します。事務所は中部経済新聞社のビル内です。

会員は愛知県はじめ岐阜県、三重県の女性で企業の経営者夫人の方々です。この会の行事で最も印象の深かった当会の内容を紹介します。

① 皇太子浩宮徳仁親王英国留学中のご様子

講師　イギリス大使館　岡崎大使

皇太子様は、一九八三年（昭五十八年八月六日）から英国オックスフォード大学マートン・コレッジに留学し、一九八五（昭六十年）十月に帰国されました。約三年間にわたる英国留学をお過ごしになられ、数々の思い出があるそうです。皇太子殿下は学校ではクラスメイトと仲良く談話されたり、時々サイクリングにて学友と郊外にお出掛けになったり、またロンドンの街を散策なされたご様子を、また寮生活においては皆さんと共に和やかにお過しになられ、留学中は日本語を一度もお聞きすることはなく、日常すべて流暢な英会話の三年間をお過しになられました。

岡崎大使の講話は、ユーモアたっぷりで時間の過ぎるのも忘れさせられた有意義なひと時でした。終了後FEC協会、田中十七三名古屋支部会長、吉田悦子役員、（元県立高校教員は私の学生当時からの親友）私、岡崎講師と共に休息の一時、岡崎講師は「名古屋は三英傑祭りで有名ですね、この地方の女性は慎ましく礼儀正しい方々ですね」と、おっしゃられました。田中会長は「ありがとうございます。嫁は名古屋から貰え、持参荷物が多い事で有名ですよ」一同大笑いしました。

②　ＦＥＣ主催による歌う弁護士

講師　大塚法律事務所、弁護士、朝日大学名誉教授　大塚錥子弁護士

経歴　名古屋大学法学部　主席卒業

弁護士、名古家庭裁判所家事調停委員始め愛知県関係機関多数の委員委嘱されている。趣味は音楽、新聞記事でも「歌う弁護士」として有名です。

講義テーマ　男女雇用機会均等法実施の現状とその対策

講義内容については省略

会場　中経ビルホール

講義終了後第二部、出席者待望の歌謡ショーとなる。いくつかの曲目が披露され、曲目如に華やかな衣裳に着替えられ、会場一杯に歌い舞われ、出席者は手拍子と共に合唱し、和やかな雰囲気で会を終了。会員は誰一人席を離れず、優雅なひとときでした。

大塚弁護士は、昭和五十三年婦人労働サービスセンター開所当所以来愛知県知事の委嘱を受け労働相談員として長く県民のために相談に応じられ、信頼された相談員です。当時所長の私も大変お世話になりました。心から御礼申し上げます。

③　小和田優美子様を囲む会に出席

平成五年一月上旬「小和田優美子様を囲む会」があり、海外生活における学校教育と家庭生活についてお話を聞きました。

当日の朝、労働相談員の私に事務局から出席依頼の電話があり「特にこの会では皇太子様の御婚約発表前であるから絶体に雅子様の事にはふれないで下さい」とのことでした。

急拠その会に出席し一時間にわたり、小和田様と歓談させていただいたことが懐かしい想い出です。その時の方々との記念写真は良き想い出です。

なお、尚優美子様が当名古屋支部においでになったのは、当日御主人様が名古屋大学にて講演をされますからその間支所の応接室にて女性の会員とお話されることが会員もよい機会という事務局の良いご配慮でした。この良い機会をお与えいただきましたことを感謝します。

愛知国際交流協会会員

現職中、関係していた婦人団体はじめ、関係地域の名士の方々から知事との面会を希望されることもあり、秘書課の江場秘書に依頼し、度々知事に取り次いでいただきました。

ＦＥＣ民間外交推進協会名古屋支部
小和田優美子様を囲む会（平成５年１月 10 日）
前列左からＦＥＣ本部員、皇太子妃雅子妃殿下の母優美子様、太田十七三支部会長、愛知県労働専門相談員の私

その数十年後、大変困難な相談があり、愛知親和会会員名簿で知り、早速国際交流協会江場常務理事兼事務局長にお会いし、知事に取り次いでいただいたことがあります。知事に面会し問題が解決して感謝された次第です。

江場常務理事は大学卒業後、県秘書課に勤務されました。名門の家柄で品格の備わった礼儀正しく誰からも尊敬され、親しみのあるお方です。

私は在職中及び退職後もお世話になり、その御恩が忘れられず、直ちに当交流協会に入会し、今日に至っています。

国際交流協会の会員には、県内外の国際交流活動の資料が送付されてきます。私は視野を広める良い機会を得ました。伝統ある日本人の国民性を大切にして、戦争の無い平和な社会を願っています。

金曜サロンに入会は如何

昭和四十四年頃、行政調査課勤務の私に同課の美青年職員から「金曜サロンに入られませんか。構成メンバーは大学教授や弁護士、開業医、財界の方々です。会員数は十二、三名で、第三金曜日が定例会日で、夕方からワインを飲みながら語り合う会です」と、お誘いを受けました。定例会の当日出席し、上流社会の方々と共に会席し、入会させていただきました。その後、この会にルバング島から帰還された元陸軍の小野田寛郎少尉も会員となられました。平成十七年十一月頃、会員、会友一同の会合に出席し、懐かしい方々と再会しました。その時の会員名簿では総員一六七名になっていました。

当時の美青年は、愛知県西三河事務所の高木繁樹所長で定年を迎えられました。

なお、この会の発起人でいらっしゃった元愛知県健康福祉部保健医療柿本昌伸福祉局長には、県在職中、県民の福祉関係で御指導いただき、現在も直筆の風景画の年賀状をいただいています。

国家褒章受賞された「金曜サロン会員」

（その一）　発足当初の会員十数名の頃です。会員の米田医師は末席の私に声をかけ、「学校医をしており、校長と話していて遅くなった」と隣席に着かれました。私は「米田先生は学校医でいらっしゃいますか」と尋ねました。米田医師「そうです。三十年位になるかなあ、この期間中、学童の体格も良くなり、視聴覚も良くなってきて校長が喜んでいた」と話されました。私は「国家褒章受章対象ですよ。校長にお話されたら如何ですか」とヒントを与えたところ、米田医師は大喜びでした。「内密、内密よ」と念を押しました。

受章記念パーティーでのエピソード

昭和六十一年四月二十九日藍綬褒章を受章され、そのパーティーに歌手の三波春夫さんと村田英雄さんのお二方を招かれました。米田院長は私の側に来て大変喜ばれ、御礼を申され「僕一代でこの病院を築いて来た。僕の満足する祝賀パーティーが出来てうれしいと、大変上機嫌でした。

（その二）名古屋文化学園保育専門学校の加藤校長は、私に愛知県私学振興室について尋ねられました。私は、尋ねられた要件について答え、最後に「各官庁関係に行かれる時は、必ず学校長自らが行かれることが必要ですよ。代理人は専決権が無いですよ。ただし補佐役を同伴されるのはよろしいです。主役はあなたですからね」と、申し上げました。私は県庁の担当者から「代理人ばかり出しているから注意してくれ」と言われています。私は、「加藤校長先生は専門学校を創設された方ですね。叙勲有資格者ですよ」と話しました。

伝統のある学校で卒業生が各関係方面で活躍され、校長先生はじめ評判の良い学校です。その後、平成十年十一月三日叙勲の栄に浴されました。

なぜ女性に勲章、褒章、大臣表彰、知事表彰者が少ないのか

その動機は、生改当時のことです。当県農業技術課浅井先生から「あなたは、農繁期の共同炊事、同託児所の実績を他部局に取られて悔しくないか」と言われました。私は「新川町関たず江グループ会長の発表と入賞は普及事業啓発となり喜んでいます」と反論しましたが、この一言のショックは忘れられません。

ある朝出勤時、商工会議所に勤める夫が「今日の定例議員総会での知事表彰授与式には、県から誰方がお見えになるかな？」とつぶやいていました。それを耳にした時、私はびっくりし「会議所と知事表彰との関係がどうしてあるの？」と尋ねました。夫から「県条令によって各商工会議所から知事表彰の対象者を申請している」と聞き、私は県担当課に確認しました。

勲章、褒章の授与対象者とは、法的組織での永年の功労者を対象としています。これに対し、女性役員は短期間で後継者に交代していることを知り、私は公的機関で女性がその任に就くよう関係機関の啓発に努めました。

昭和五十七年頃、青少年婦人室に勤務している親友の倉地主幹に、私は、「叙勲、褒章、大臣表彰、知事表彰等、社会活動している女性の受彰者は少なく、今後婦人室に期待しま

す。愛知県女性団体連盟から、有資格者を出してね」と、声をかけました。倉地主幹は「その件については、農協、生改、漁協、各会長は大臣表彰済みです。私の退職後は、深見さん、どうか発掘に努めてね、お願いね。約束よ」とおっしゃいました。

私に大きな勇気を持たせていただいいた言葉でした。

小さなヒントが、大きな喜びに

現職時代から、今日に至るまでに私は各種団体はじめ、サロン的な会に入会していました。私の小さなヒントから、大きな勲章、褒章を受章されたことについて述べます。

① 「ふじみ会」同窓会出席での出会い。

椙山藤子教授は私の恩人です。「ふじみ会同窓会」でお会いし、藤子教授は「定年退職ですわ」とおっしゃいました。私は「次は叙勲ですね。履歴書をお借りして県庁担当課にお尋ねします」藤子教授は「自宅へ帰り次第ファックスでお送りします」その夜ファックスを受け取り、翌日県担当課に相談方々お願いしました。翌日返事があり、「本省から有資格です、正式な書類を提出して下さい」とのこと、私は早速その旨を伝えました。先生から「事務局長に話します」と返事を頂き安心しました。数か月後、県担当者から電話で「今、本省から書類が出て無いので、早く提出するようにと連絡を受けたので、学校にお伝え願います」と連絡があった。私は早速椙山女学園大学学園長に面会し、事の次第をお話しました。学園長は「自分の母親であるから出来ない、後輩に譲る」と、硬い決心でした。私は「事務局長をお呼び下さい」事務局長は「この件については承知している、学園長に話したところ実母だから表彰しない。後輩をお願いしたいと言われています」とのこと。私は「事務局長専任の仕事で秘密です。藤子教授から直接お話を聞いていらっしゃると思います。事務局長が書類を作り学園長に御決裁を頂く時にお話すれば、学園長は御承諾されたでしょうね」と申し上げました。事務局長は静かにうなずかれました。

その後、椙山藤子教授は受賞内示の連絡を受けられ、昭和六十年四月二十九日勲三等瑞宝章受章されました。

私は卒業間近に、椙山藤子教授に就職相談に伺いました。愛知県職員採用試験に合格していましたが、就職担当教授から県立高校の教員にとの話もあり、迷って、椙山藤子教授に相談したのです。藤子教授は「せっかく県に合格していらっしゃるでね、県へ行かれたらどうですか。生活改良普及員は新しい制度ですから、仕事を開拓していくのもよさそうね」と、助言をしてくださいました。その言葉が私の心に強烈に響き、普及員になる決心が固まりました。教授の助言が心の糧となり、この御恩に報える一助となればと思い、受賞されるよう努めました。

愛知有識婦人クラブでの出会い

（その一）この会の総会で内藤新会長が就任されました。個性の強い会員の方々です。内藤新会長と私は近くの喫茶店で憩のひと時です。内藤会長は「私は開業医として三十年以上、学校医もしていますのよ」と話され、私は「国家褒章の対象となりますね、早速学校長にお話しなさいましたら如何ですか。しかしこれは内密におすすめ下さいね」内藤会長は「そうでしょうか、早速校長に話します」翌年褒章を受章されました。

（その二）同クラブ員の林会員（全国有識婦人クラブ財務委員長）は、「私は全国編物協会専務理事を三十年以上務めてますのよ、私もお願いいたしたいわ」私は「文部省の関係機関担当官（よくご存知の方）にご相談してね、これはあくまでも内密にしてね」と話しました。その後叙勲を受けられました。林専務理事には、私への御恩返しにと全国有識婦人クラブ財務委員の後任者として推薦していただいた次第です。

（その三）有識婦人クラブ員、私の友人、「心身障害者コロニー春日台看護専門学校」安藤節子校長の話です。

安藤校長は、戦時中従軍看護婦として南方の野戦病院に勤務されていました。戦地での傷病兵の最後は、看護婦の手を力の限り握り「お母さん、お母さん」と涙を流し、息を引き取られると伺いました。私は当時女学生で、学徒動員中でした。誰もがお国のために尽くし、一億総動員時代でした。私は安藤会員の話に感銘し、「貴女は国家褒章ですね」と話しました。安藤会員は「本当、そうかしら」私は「コロニー総長に一度ご相談なされたら如何ですか」。その後、叙勲の栄に浴されました。

愛知県幼稚園協会会長叙勲のエピソード

昭和五十五年八月一日、愛知青少年公園で国際児童年記念行事として「国際母親大会」が開催されました。その夜、名古屋キャッスルホテルでパーティーがあり、私は来賓として出席させて頂きました。その時私は加藤会長に「二十年以上会長をされていますね。国際母親大会は大きな実績ですね。これは叙勲対象ですね」と告げました。会長は「ええっ」とびっくりした顔で、「勲章、貰える、本当？」私は「本当よ、時期到来を楽しみに。皆さんから信頼され、尊敬されていらっしゃる会長さんですからね」と申しました。

愛知県幼稚園協会の加藤暁会長は、平成十五年四月二十九日叙勲の栄に浴されました。

坂種報徳会、坂会長との出会い

坂会長とは名古屋家庭裁判所家事調停協会の研修会の時、私に「家裁は日が浅いからね」と言いつつ尋ねられました。

その頃、坂会長は法人会の役員も多くされていました。私に叙勲の話を度々お尋ねになりました。私は、法的な事ですから詳細に話をしました。

その数年後、坂会長夫人から突然電話が入り、「夫は今、体調不良で伏せています。本日叙勲の内示を受けました。この報せを深見先生に知らせて欲しい、と言われ早速お伝えした次第です」と言われました。

その二週間後、坂会長夫人から電話がありました。「ただ今、主人が亡くなりました。つきましては、明朝八時半頃、名古屋商工会議所会頭が鈴木知事にお会いしたいので、深見先生から知事に連絡をとってほしい」ということでした。私は早速秘書課の江場秘書に依頼し、翌日早朝、知事公館でお会いして頂きました。その件は死亡報告です。

告別式の当日、坂会長夫人は私に、「知事様のおかげでこんなに高い叙位をいただきました。主人は父親よりも高い叙位を受けられたことに感謝していると思います」と、涙ながらに言われました。

坂種報徳会会長は、名古屋の大地主です。

昭和四十四年十月二十九日県消費生活センターを開設しました。この会館は坂種報徳会から借用している土地でした。

消費生活養成講座修了生の叙勲

国セン主催「第二回消費生活相談員養成講座」修了生の相談員が、家庭裁判所家事調停委員を兼務され叙勲・褒章の栄に浴しました。

名古屋家庭裁判所家事調停委員に就任された鳥山委員、磯野委員、鏡味委員、河井委員、大東委員、今光委員、以上六人です。県センターはじめ、各市消費生活相談員を兼務されています。後日、消費生活相談員の卒業生の髙橋行政相談員、城所保護士の二人が藍綬褒章を受賞されました。

二人の叙勲者、愛知県消費生活センター講師交代のエピソード

愛知学院大学今光教授に生活設計の講師を連続して依頼していましたところ、突然今光教授夫人が来所され、「夫は経済学部長になり後任として加藤教授を推薦したいので、よろしくお願いします」とご挨拶されました。その時の今光夫人の謙虚さと礼儀正しい品格の良さ、そして第一回消費生活講座修了生でした。今光教授へのご恩返しに、私は夫人に家庭裁判所調停委員の話をしました。その後、今光夫人は家庭裁判所家事調停委員をされました。今光教授の後任講師である加藤教授の消費者教育生活設計講座は受講者の現実に合わせた内容で、話術も巧みで、とても人気の高い講座となりました。

それから二十年経過した、平成二十五年末頃、加藤教授は私に大学の退任の挨拶をするために来所されました。私はその時「県の相談員もされていらっしゃいましたね。この次は叙勲ですね」と言いました。加藤教授は「それは絶対に無い」と仰いました。私は「事務局長に内密に相談しなければ進みませんよ」と話しました。

その後、平成二十八年四月二十九日叙勲の栄に浴されました。

今光教授夫人は、家庭裁判所家事調停委員を歴任され、任期満了となられました。同様、平成二十八年四月二十九日、叙勲の栄に浴されました。

この二人の不思議なご縁は、本当にハッピーエンドでした。

男女共同参画施行により女性の大臣、知事表彰受賞者が目立つ

大臣表彰については内閣府はじめ関係省庁より各県に通達があり、関係部局担当課職員はその任務にあたります。その職責を果たされ、関係受章者から感謝され喜ばれていました。

知事表彰は「女性の地位向上のシンボル」。この表彰については、国連婦人十年を契機とし、愛知県は当時総務部青少年婦人室に県内の各婦人団体を纏め、愛知県婦人団体連盟の推進を助言し、十年経過した昭和六十一年から知事表彰を与えられるようになりました。以来知事表彰が毎年行われ、女性にとっては将来の国家褒章に関連し、女性の地位向上の糧となったのです。

また、愛知県婦連河合事務局長から、次のような相談を受けました。

愛知県婦人団体連盟（通称県婦連）の現会長は北設楽の方です。名古屋方面での会合には旅費が大変だから、我々副会長が代役するから出席しなくても良いと阻止され困っている。今回婦人団体連盟の会議があり、知事表彰者の議案があったことも知らされず、出席を阻止され困っている。

私は早速、北設楽郡東栄町平林会長に面会し状況を尋ねました。会長は「私は長年会長職を務めさせて頂いております。全国初め総ての会議に必ず出席してきました。本年は副会長が代理出席するからと阻止され困っています」と、涙ながら訴えられました。話を聞いた私は、「副会長をよく存じあげているので、私から良くお話しますからご安心下さい」と申し上げたところ、嬉しそうに笑顔をうかべられました。早速副会長に面会し、会長職務の役割について話し合った結果、会長の申し出があった時のみとすることで解決しました。

さきに河合事務局長から県婦連会長の実績を伺っていたので、管内の農業改良普及所長に東栄町長のアポイントを依頼しておき、その当日、所長と共に東栄町長に面会し、愛知県知事表彰の申請及び推薦の話をしました。その時町長は県の公文書を見て、「これは私共の職務でした、早速書類を提出します」と、おっしゃいました。北設楽郡東栄町の安藤町長は「平林婦人会長さんには永年婦人会長を務めていただき、御主人は開業医でご夫妻共々町民から信頼、尊敬されている方です」と、大変うれしそうに話されました。

同年、平林会長は知事表彰を受章されました。その後、文部科学大臣表彰も受章されました。平林会長は地元の東栄町教育長に就任されました。県内ではごく少ない女性教育長です。

町長は「男女共同参画社会基本法」施行に伴い、女性登用を実施された良き理解者です。
これが御縁で平林会長より年賀状を頂き、元気な様子を知り今日に至っています。

愛知県知事からの感謝状紛失騒動

平成五年一月頃、愛知県こどもオモチャ図書館主催で、国際家族防癌連合会会長、荘淑旂（台湾人女性）医学博士の講演会が開催された時のことです。

荘淑旂講師は自著『目をみはる家庭医学』を講演のテキストとされました。

その後、ナゴヤキャッスルホテルで休息時に、私共は荘講師に、「台湾への帰国記念品に七宝焼は如何ですか？」と尋ねました。先生は記念品よりも愛知県知事の賞状を希望されたので、翌日、愛知県健康福祉部にお願いしました。健康福祉部には「規定の寄付金を納付して下さい」と言われました。私は河合先生と共に了解し、規定の金額を納付しました。

当日、知事から寄付金ありがとうございましたと言って、感謝状を渡され、知事との語らいのなかで、荘先生は三十数年間日本に滞在し、この度、故郷の台湾に帰国する事をお話しされていました。その時の荘先生は日本晴れのような最高のお顔でした。

荘先生から電話で「今、台湾の飛行場に着きましたが、荷物の一つが紛失して、その中に『感謝状』が入っていたのよ。私のいちばん大切なものでした。どうか再発行をお願いしたいです」と連絡を受けました。私は「早速県庁に行きお願いしてみます」と約束し、担当課に出向き依頼しました。担当課係長にお願いした時、係長は「そんなにほしいですか」と言われました。私は「はい、お願いされましたから」と答えました。係長は「再発行とは県始まって以来初めてですよ」私は「だめですか」係長「いやよろしいですよ、事務手続きをしますから日数がかかります」。その数日後、再発行された感謝状を頂き、航空便で送付し、後日お礼の電話を受けとりホッとした次第です。

中日社会功労賞受章の苦心談

昭和六十年、浦野さんは地元豊田オモチャ図書館を設立し会長となる。愛知県オモチャ図書館連絡協議会会長、全国オモチャ図書館連絡協議会世話人、オモチャ図書館東海北陸ブロック会長を歴任されました。平成十七年頃、浦野会長から私に「前県婦連会長から『浦野さんは、県婦連会長をされ、文部大臣表彰を受章されているから、絶対叙勲の対象になるからね』と言われたので、書類を深見先生に送りましたからよろしく」と電話がありました。

書類を見て、私はすぐ電話で「この図書館は法人でないので叙勲の対象になりませんよ」

と伝えました。会長は「そんなことは絶対ない」と繰り返されました。浦野会長にアドバイスされた方は、福祉法人でないことをご存知なく、間違った事を知らせたため、会長は信じ込んでおられました。私は「それでは、県社会福祉会館専務理事にお会いして、ご相談いたしましょうか」と言い、本人同伴で専務理事にお会いしたところ、同様の返事でした。

オモチャ図書館会長は、どうしても納得できませんでした。専務理事は、最後に経歴書を見て、「中日社会功労賞には十分値する」と言われました。私は中日新聞社の功労賞担当に、作成した書類を参考にと依頼し、その手続きは地元新聞社の方にお任せした次第です。ここまで無理をして書類作成には二ヵ月以上かかりました。本人の思い込みの恐ろしさにびっくりいたしました。

平成十八年十二月八日、中日新聞社代表取締役社長より「中日社会功労賞」を受章されました。その式典の招待状を受けましたが、私は当日腸癒着で入院のため欠席いたしました。

その後「オモチャ図書館」は法人事務手続きを取り、法人とし、現在も活動しています。功労賞を受章された浦野会長は社会教育法に基づく婦人団体の長として十九年間役職につかれていましたが、法に定める二十年間に達していないので、国家褒章者の対象にはなりませんでした。

高辻医院伊藤院長叙勲のエピソード

名古屋市昭和区に住む私の自宅のすぐ近所瑞穂区に高辻医院があります。その高辻医院は、私共家族全員院長にお世話になっています。

今から十年前の院長の思い出です。

診察を終わった私は、壁に掛けられた幾つもの表彰状のなかに愛知県知事表彰状と、警察署長の委任状が目にとまりました。

平成三十一年三月三十一日と任期が記されているのを読み、私は思わず「先生、前期十年、後期十年、合計二十年ですね。最終は叙勲ですね」と申しますと、院長は「そうでしょうか？　夜中の屋外検診が多くてえらいですよ」。私が「大変ですね。でも先生はお若いので頑張ってくださいね」と申し上げましたとき、先生は「職務ですから頑張ります」と笑顔でした。

平成三十一年四月上旬、新聞紙上にて春の叙勲受章者名に先生のお名前と受賞経歴が掲載されていました。

早速祝電にて、お慶びのお祝いを申し上げたことでした。

第三の人生

年金生活の必要性を痛感

戦時中に夫が疎開していた長野県上伊那郡中沢村（現在駒ヶ根市）に、義母は一度訪ねたいと思っていました。昭和三十七年頃、義父母と共に疎開先の田村家を久し振りに訪ね、義母は当時親しくしていた友にお会いになりました。帰りの自家用車の中で義母は、「今日久し振りに会えた私の親友は、元教員で定年まで勤め、現在老人ホームに入居していらっしゃるのよ。恩給が頂けるので安定した暮らしの様子よ」と話され、ホッとされていました。この言葉が私の脳裏に焼き付き、どんなに我が身に苦しいことがあっても退職しないと誓ったのです

（一）定年退職まで約束した中途退職者の実例

昭和四十年頃のこと、毎日県庁に電話が入り困ったことがありました。勤務中の鈴木生改専技に、義母からたびたび電話が入っていたようです。「『駐車場とマンションの管理はいやだ、早く貴女に替ってよ』と、職場に毎日三回以上電話があったのよ」と言って、私に退職の挨拶をされました。その三ヶ月後、この友人は「義母はとっても元気になり、近所の友達と毎日カラオケや喫茶店に行って私よりも元気ですから、私もどこか週一日か二

日の勤務をしたいです。先生は調停委員ですね。私の夫の従兄が元家裁の所長後、今調停委員ですが」その話を聞いた私は、「家族とご相談され、その結果協力しましょう」と、答えました。その後、調停委員になられた友人の鈴木たみ子さんは「義母は元気で百歳まで生きる」と、喜んで話されました。その五年後、友人のご主人から電話がありました。「妻が亡くなりました。深見先生には大変お世話になりました」と嗚咽され、夫妻愛の強さに感激した次第です。

(二) 本人に無断で退職願いを出した義母

大学を卒業し地方公務員試験に合格し町役場に勤めていた女性は、結婚し六ヶ月後に、姑から「近所のおばさん達のあいだで、嫁を働かせていると噂になって恥ずかしいから退職して欲しい」と言われました。女性は「この勤めを続けさせてほしい」とお願いしました。その後、義母から「町役場に行って退職のお願いをしてきたからね」と聞かされ本人はびっくり。しかし、義母の申し出に従い止むを得ず退職しました。実は、面接試験のとき、結婚しても退職しないと約束していたのですが、土地柄の根強い風習に負けた次第です。

終戦前後の女性は、義父母の面倒を見るのが義務でした。中途退職者も多くあり、家庭が安定した後、再就職する女性も多くなりました。資格取得のための（注）県立高等技術専門校で学ぶ女性も増えています。このことは、本人の老後のためにも必要でしょう。

（注）労働省の予算により、各都道府県傘下により、設立されている高等技術専門校です。

健康診断受診が話題の良きチャンスに！

平成二十一年一月頃、自宅の近くに和田内科クリニックが開業されました。健康診断を受診する時期でした。そのクリニックで健康診断を受診した時、診察室から、高齢者向けの良い施設についての話し声が聞こえてきました。

和田院長は温厚な品格のある方で、患者に合わせた話法で、ホッと心安らぐ雰囲気の先生です。

私は和田先生に「老人ホームの入居体験記を書きたいと思っているのですが」と、声をかけました。先生は「医療法人清水会リバーサイドケア赤池住宅型有料老人ホームはどうでしょう」と紹介してくださいました。チャンス到来と思い、頂いたパンフレットで施設にアポイントを取りました。

施設を見学し、住みやすい居室、調和のとれた色彩、自然な環境を取り入れた中庭、きめ細かな配慮に驚くばかりでした。どうしても入居したいという気持ちになり、早速入居手続きをした次第です。

申込みから八ヶ月後、施設側から「四階A室が空きました」と電話を受けました。

平成二十二年八月中旬に夫が入居しました。格調高いA室に入居して一ヶ月経過した時の夫の感想は、「食事が美味しい」でした。豪華なシャンデリア照明のもと朝食、昼食、夕食時には、ダイニングルームから景観の良い景色を眺めながら、定員二十名の入居者が五テーブルで四名ずつ、歓談しながら食事をとります。

入居者には政治経済通、趣味娯楽通、絵画書道通、旅行写真通、読書通などいろいろな方がいて、それぞれの話題に花が咲き、話は尽きない様子です。お天気の良い日の夕景が美しいことは特筆。

朝食を済ませ一階ラウンジで中庭の四季を味わい一服、自分の時間を楽しみ、人との触れ合いでコミュニケーションをとり、カウンターバーも楽しみつつ、ラウンジから池の鯉を見て、滝を眺めながら新聞を読むのが日課です。

リバーサイドケア赤池建設構想の苦心談義

入居約六ヶ月が過ぎて心に余裕ができた時、入居当初佐藤施設長に話していた私共の目的―第三の人生は当ケア赤池入居体験記を執筆すること―に先立って、佐藤施設長の創設当時の苦心談を掲載させてほしいと申し出ましたところ、快くお引き受け頂き、その当時の思い出と苦心談義を紹介できることになりました。

リバーサイドケア赤池建設構想苦心談議

施設長　佐藤　隆

この有料老人ホームの計画を聞いた時、まだ建築も始まっていませんでしたので、とにかく自分が入居するとしたら、どんな環境・設備が希望なのかということが頭を駆け巡りました。まず設備が満足できなければ、ホーム選びの選択肢にも入れないからです。

最初に考えたのは、設計図面には無かった露天風呂を、どこかに作れないかということでした。気軽に旅行に行くことが出来なくなった高齢者（自分）にとって、温泉露天風呂はこの上ない行楽気分を与えてくれる、癒しの場所になると思ったからです。

図面を隅から隅まで探して、図書室の横にぎりぎり収まるような空地を見つけ、建築開始前に追加工事の提案することが出来て、なんとか温泉露天風呂を実現することが出来ました。

この他、二十四時間出入りが自由にできる施設にするためのリモコンキーや、ゴミを流して清潔を保つ、常時かけ流しの共同浴室等、こだわりを持って、設備の充実に努めました。ずっと以前に見学した老人ホームでは、入居されている高齢者の方が、良い待遇を受けているとは言えない状態でした。でも、お客様に支持されない施設が淘汰され、消えていくのは明白な市場原理です。お客様に満足していただき、ご支持が得られるように、職員の言葉遣いから接遇態度、介護をする時の気持ちの持ち方など、様々な研修を通じて、施設の基本理念を職員全員が共有出来るように伝えて参りました。

リバーサイドケア赤池が目指しているのは清水会の職員が、本当に自分でも入りたいと思える施設になる事です。自由気ままに暮らして毎日の生活が楽しく、時々ちょっとしたサプライズがあって、驚きも楽しめる日々の暮らし。人生の最後のステージは盛り上がって過ごしたい、と思う人に共感される生活空間。それを提供することが、施設の責任者としての、私の使命だと考えています。

入居体験記執筆の念願叶う

平成二十三年四月下旬頃、先に入居している夫より遅れること八ヶ月、待望のケア赤池三階B室に入居しました。

入居の方々の日常生活の様子を記述します。

（一）B室に入居、当初の思い出

要介護者と自立者（健常者）の区別を知りました。朝昼晩のお食事は、明るく広々としたダイニングルームでいただきます。私の周囲の入居者の食膳に黄色いおしぼりが添えられているのに気付き、「わぁ、ホテル並みね」と感嘆。運ばれて来た私の食膳にはおしぼりは無く、介護福祉士に要求したところ「要介護者のみです」という返事に納得。要介護者と自立者との区別をはっきり知ることができました。

日常生活については、入居規則に従い、私は、全ての行事に参加しています。特に外出行事は、介護福祉士にとっては並々ならぬ重労働であることを実感し、現実の厳しさに驚きました。

（二）「ウイスキーを電話で断ったのに送られて来た」

車椅子を操作していた、上品な女性を見つけられた大門主任相談員は、「Aさん、ウイスキーが送られてきましたから受け取ってございますよ」と、そのウイスキーを渡されました。

A入居者「あら、電話でお断りしてあるのよ」

すぐ隣で聞いていた私は「電話でね……。いちばん確実なのは、ハガキにお断りの通知を書いて郵便局から簡易書留で送って、控えを受取り、保存しておかれるとよいですよ」と話したところ、A入居者は「あらそうですか、でもね……」で終りました。高齢者には無理な事でしょうね。

その時大門相談員は「深見さん、ここの相談員になってよね」とおっしゃいました。私は「御冗談でもありがとうございます。貴女様が施設長として、依頼されたら、喜んでボランテアとして応じます」と話を交わし大笑いしたことでした。

(三) 食事中に「やかましい、静かに！」の〝一喝〟

朝食時、ある入居男性が、今日は名古屋城が空襲で炎上した日だね、とそのときの様子を語られていました。すると、食堂のいちばん後ろの席の入居女性が、突然「やかましい、静かに！」と甲高い声を出され、室内が一瞬沈黙状態となりました。その男性は大正生まれ、何か一言言い返され沈黙されました。共感して聞いていた私は、続編が無く私は残念でした。

この想い出深い話が忘れられず、食後に当施設に入居中の姉と語り合った次第です。

姉は、名古屋城が炎上した時期、名古屋城郭内にある「東海軍官区指令部」に勤務中でした。空襲警報発令より空襲が早く、名古屋城は炎上した次第です。

当時私は、学徒動員で女学生制服の腕に、学校名の入った腕章を付け、毎日軍需工場通いでした。当時の懐かしい思い出を語り合い、青春時代を顧みた一時でした。

(四) 介護福祉士、要介護者、自立者との会話にびっくり

要介護者の中には、日常、車椅子を自分で動かして食堂まで行く方がいます。後から来た新入居者が「押しましょう」と声を掛けて押していると、介護福祉士がその場を見るなり、飛んで来て「やめて下さい、それは私共の仕事です」と、大声で訴えられました。居合わせた入居者一同、びっくりしましたが、その時の様子が忘れられません。介護福祉士のプロ意識の高さをまざまざと見て感動しました。

もし車椅子で共に災難に遭遇した時の責任は、介護福祉士、即ち施設長の責任になります。車椅子で目的地を目指す要介護者は、少しでも早く快復するためであり、自助自立心

を養うためなのです。
介護福祉士は、必ず要介護者の体調に応じて補助しています。
(五) 入居者から「遅刻! バケツ持って……」に皆さん驚き
朝食は八時~九時までに食堂に入れば良い規則になっています。時々八時十分頃に食堂に来られる人もあります。そんな時に、入居女性が「遅刻! バケツ持って」と言われました。

食事中の女性から「あらまあ、女性で失礼な方がいらっしゃるのね」と、ささやき声が聞こえました。「年上の男性に物申すとは失礼だ」という同情した男性の声も聞こえました。「病気だからな」と、言われた男性は平然と席に着かれました。「親しき中にも礼儀あり」を実行していただきたい気持ちです。入居者の中には女性でも同じように言われ、なげいた方もありました。言った方は、おそらく認知症の始まりでしょうね。
(六) 入浴温度点検時、入浴者の言葉に要注意
入居当時からの言い伝えかしら。三階は自立者八〇パーセント、入浴は三人ずつしてい

ました。

当時、毎日「風呂の温度がぬるい」とナースコールで呼び出す入浴者がいました。その都度介護福祉士は大急ぎで駆け付け、検温し湯温調節をしていました。入浴者一同介護福祉士に同情し、その結果申し合わせたように検温に来た介護福祉士に返す合い言葉は、「いい加減です」

介護福祉士は必ず湯温計で計り、「度数」を記録しておくことが必要です。事後証明です。

毎日ナースコールで介護福祉士を呼び出した主は認知症初期でした。

（備考）初期の認知症患者は、介護福祉士との対話は、緊張するから分からないという一般的な説も有り、判断に要注意と警告されており、健常者の言葉を無視しないことも大切かと思われます。

初心忘れないでね

三階の浴室は自立者だけが利用できます。入浴温度に関心のある私は、最近風呂の温度が定着していて、不思議に思っていました。

ある日、男性介護福祉士が「検温に来ました。入ってよろしいか」と、出入口で声を掛けられました。脱衣前の私は、「はい、よろしいです」と返事したところ、その介護福祉士は長い湯かき棒を持参していました。私は「新人のお方？　その湯かき棒を初めて見ました」その男性介護福祉士は、「はい新人です。現地研修で、湯の攪拌と温度計と記録は必須条件であると現地指導を受けています。これは、高齢者の入浴事故防止のための証明でもあると研修を受けました」その言葉を聞き、「初心忘れるなの精神、プロ意識を発揮されることを望んでいます」と励ましました。未来の介護施設は機械化（ロボット）され、介護福祉士不足も徐々に解消されることと思われます。

プロ意識を大いに発揮し毎日奮戦中

ケア赤池の充実した経営内容は、県内外の良い評判となっているそうです。開設当初は他県からの入居者が多かったようですが、最近では地元の方々も入居されております。これも、ケア赤池で働く職員方の努力のたまものでありましょう。

新入居者の中に当初、体が弱々しい人がいました。周囲の人も心配顔でしたが、管理栄養士の内助の功で、数日後には食欲も増し、周囲の方と談笑されている姿に安堵しました。また、ひ弱な男性入居者も、リハビリ機能訓練指導員の適切な治療で、見違える程元気になられた様子です。また、これらは看護師の指導の良さも物語っています。

その他、事務局管理課の経理、庶務、請求事務、輸送保全、運営課の渉外等事務分野においても優秀な男女職員を配置され、施設の運営に万全を期しておられます。

なお、事務局の経理担当はじめ経理職員は地元の方で、街医者はじめ生活用品店を良く知っていらっしゃるので、入居者から喜ばれています。

介護福祉士の制服に「名札」を提案

入居して半年頃、当時の三階の入居者は元気の良い人が多く、特に男性は食事中に介護福祉士に用事を申し付けるのに、「オーイ、オーイ」とか、「姉様」と大声を出しておられました。私も迷いましたが、介護福祉士を先生とお呼びしていました。それに気付いた介護福祉士のお一人は、他の介護福祉士に「ちょっと、私達を先生呼ばわりしてらっしゃるのよ」と、目を丸くしていた事が今でも忘れられません。私は、介護福祉士は種々指導してくださる方ですから先生で良いと思っていました。

そのことに気付いた夫は、早速このことを次の運営懇談会で発言し、介護福祉士の制服に名札を付ける事を提案して目的を達成しました。

リバーサイドケア赤池の夏祭りでの「沙羅」の和太鼓演奏

その後、介護福祉士の方々と入居者とが大変親しくなりました。

シルバーカー食堂室内通路妨害、駐車場所提案

入居以来二年経過した頃、シルバーカーや車椅子利用者が多くなり、食事時、食堂で自分の食卓の椅子の後ろか、通路側に車を置いていました。食膳を運ぶ介護福祉士はじめ入居者の行き来に大変危険を感じ、見ていた私達は「冷や冷や」して食事をしていました。無造作に置かれたシルバーカーや車椅子は、介護福祉士の配膳時の通路妨害となり、食事後に席を立つ際には車椅子に躓く危険性がありました。もし転んで怪我人が出たら大変です。安全第一を考え、車椅子を食堂出入口一ヶ所に集中させ、食堂通路の安全性を保つように、運営懇談会にて夫が提案した。

この件は、即日実行されました。この結果、入室退室時は安全になりました。席に着いた要介護者の車椅子類は、介護福祉士が食堂出入口へと運びます。

入居者作品展示コーナーの思い出

平成二十五年七月頃のことです。一階トレーニングルームでパッチワーク作品に励んでいらっしゃる三階の高橋さんに語りかけました。高橋さんは「入居以来今日までに二十三品を作製しました。目標はこの十二月が八十八歳で米寿を目標に今年中に終わり、これが最後の作品です」と語られました。私は「記念誌として一冊にまとめられたら宜しいですね」と提案しました。高橋さんは「そう思っていますが、どうしてよいかわからないです」とおっしゃり、私は「夫が名古屋ライカクラブ員で写真が趣味ですから、協力しましょうか」と申し出ました。高橋さんには「それは嬉しいことですわ」とおっしゃっていただきました。その後、私共夫妻が協力して作品集作りに取り組みました。

作品が完成し、米寿記念誌としてまとめあげ、一階トレーニングルーム室前の廊下の入居者作品展示コーナーに出展され、皆様からお褒めの言葉を頂き、「作品集をを作ってよかったです」と、高橋さんからのお喜びの御挨拶を頂きました。

白鳥と美しい波紋

名古屋ライカクラブ員の夫は、入居早々、撮影会に出席しました。京都長岡京跡池にて「波紋に魅せられ、思わずシャッターを切った作品です。完成した写真を見て、自分ながら「ほう、こんなにも良い……」と思わず感嘆していました。ライカクラブ例会の規約に基づいて出展したこの白鳥の波紋が「一位」に入賞し、またまた、びっくりしました。

早速、当ケア赤池展示コーナーに展示したところ、三階の入居者の皆様から「白鳥と美しい波紋の動きは、『静』である私共高齢者にとっては元気の出る写真ですよ」「何時までも展示して欲しいですね」という要望に応じ、現在に至っている次第です。

日常生活の雑話

「日頃財布には、自立型入居（健常者）の方は現金最大二〜三千円位が良い」

日用品は当施設売店で賄えます。当施設の催事については、前もって案内通知が有り、有料、無料の催し物（例えば、イチゴ狩りは有料、花見散策は無料と明記されています）があります。有料の場合は金額が明記されており、参加する場合は、月末の請求書にまとめて記入され、銀行引き落としになりますので安心です。個人外出の際の買物については、クレジットカードをお使いになれば安心です。


「入居者の持物には、氏名記入が必要」

財布、バック、傘、衣類等にも必ず氏名を記入すること。

共同風呂、共同洗濯場によく靴下の片足、ハンカチ、手拭い等の忘れ物を見受けます。無記名の忘れ物が多いです。

この記事は三階の現状をお伝えした次第です。御了承願います。

「新入居者の持参する日常品」

施設に備え付けのタンス（衣類、小道具などを収納しておくための家具、鍵付引き出し付き）に入る程度が手頃です。

その他、日常品としてテレビ、小型冷蔵庫が必要かと思われます。

ケア赤池開所当時の新入居者は、衣類、室内装飾品などをきそって多く持ち込まれていたようです。しかし、実生活における住居スペースのことも考えて、収納範囲にとどめることが良いと思います。

最後に、当然のことながら、食事、所用、私用、リクレーションタイム等で部屋から外出する時は、自分の部屋の重要物が入っている引出しの鍵、玄関の鍵は必ず掛けることを心掛けて下さい。

人生の集大成

高齢社会となり、人口減少と共に、定年が六十五歳から七十歳に延長となる日も近いことでしょう。

科学も進歩し、次々と機械化され、ロボットが介護の仕事の一部を代役する時代となってきています。現在日本も欧米並みの家庭生活となり、休日は家族と共に冬はスキーに、夏はキャンプにまた、温泉旅行、海外旅行等大いにレジャーを楽しむ昨今です。

二〇二〇年頃から団塊の世代が七十五歳となり、九十五歳頃を目途とすれば、その期間どう生活していくか、そのため各自の準備、青写真を描き、実行に移して行かれる事と思われます。

昭和四十五年後半から、令和の今日までの高齢者の良き時代は、「後の世の語り草」となるでしょう。いつの時代でも貯蓄が必要です。計画的に少額から銀行、郵便局に貯蓄することを推奨します。

一人暮らしは淋しいですよ。老人ホームで多勢の方々と一緒に楽しい人生を送られることが集大成と確信しています。

大学を卒業して社会人となります。就職したら、給料のなかから千円または二千円を貯金できるように、自分の通帳から自動振込の手続きをします。女性はよくコーヒーとケーキを注文されますから、それを控えて預金にまわします。一服した積もりの「積み立て積もり貯金」です。

この積もり貯金を実行された方は、定年後七十歳～七十五歳まで社会との関係を保たれ、特技を生かし、時間給の仕事に従事される方と確信します。家庭設計の運営が上手で、ご夫妻仲良く自助自立のできる女性であると確信します。

「継続は力なり」継続してやれば必ず成功します。途中で放棄して成功はありません。

新世代の最先端育児法を実行しよう

入居当初、隣室の入居者からの実話を聞きびっくりしました。

この女性A氏は大正生まれ、元教師でした。夫は県立高校長で共働きでした。

A氏は結婚を機会に退職し、育児に専念していました。終戦後のことで教師不足だったので、学校長から依頼され、再び教師となりました。そして、定年を迎えました。丁度娘夫婦は両親と同じ分譲マンションの同階に生活し、共働きをしていました。育児休暇明けの孫の育児を頼まれ養育に専念しました。

その孫（女性）も適齢期となり、結婚し曽孫が生まれました。その時から曽孫の育児を依頼されています。孫は大学の教授ですから、このまま学校に留まる決心です。

A氏が住んでいるマンションが修理中で、修理が終わった暁きには自宅に帰り、曽孫の面倒を見る予定です、と大変嬉しそうに話されました。その三ヶ月後に退居されました。

その時私は、これからの若者は、別居生活者が多くなる可能性は大です。

以前は二世代住宅がもてはやされましたが、昨今では過去の話です。

①現在は別居生活が主体となり一戸建て住宅に住み、実家に出来るだけ近い所に居住する人もいるでしょう。

②前記の教師の様に、分譲マンションに入居し、二世、三世の育児を依頼される家族もあるでしょう。

③賃貸マンションに入居し、親子別々に生活し、育児の世話を依頼される両親もあるでしょう。

①②③共に親子とはいえ、必ず育児費として「親名の自動振込み通帳」を作り、親に通帳を渡すことが、御恩返しです。

孫の育児委託年月まで払い込みします。

これは私が実行したことです。

この方式は、生活設計と家庭管理の原点であると痛感しました。この原点は学生時代の恩師、長谷部教授の教えであり、私はそれを実践したのです。

人生とは人間がこの世で生きている期間

人生は、次の六期に分けられます。
一、乳児期　二、子供期　三、少年期
四、青年期　五、壮年期　六、高年期

①「乳児期」は、生まれた時から、生後一年半ぐらいまでで、母乳またはミルクで育てる期間です。泣き声は乳児の言葉です。
②「子供期」は、満一歳から小学校に就学するまでの期間です。両親初め家族が一番輝く日々です。子供は家族の行動を見たり聞いたりして育っていきます。子供の頭は白い画用紙です。家族の行動が、この小さな頭脳と体に総て収納され「百科事典」と同様です。成

長と共に行動となって発揮され、良い子は親の良い行動の証です。「親の背中を見て育つ」は昔からの教訓です。父親は子供のいる場所では、母に苦情を言わない事。

③「少年期」は、小学校から十八歳までの期間です。この期間で一番大切なのは男女ともに中学生年齢で、十三歳から十五歳位までです（体の発育により年齢に格差がある）。

この年齢はホルモンの乱れが出ます。通常「初潮期」と言われていますが、これは子供から大人になった証です。

・女性の初潮期について

女性は「月経」が始まります。これを初潮と言い閉経期は通常四十二〜五歳です。私は、中学校教員の時、校長の依頼により女子学生を一堂に集めて、生理の講話をした。その時の生徒達の真剣な表情は忘れられませんでした。教科書は、女専当時の教科書「生理衛生」を参考としました。母親は娘の生理用品を準備し、娘に早目に教えておく事が最も大切です。

・男性の初潮期について

女性と同様に男性も中学生時代にホルモンの乱れる時期がきて、「精子」を含んだ分泌液が出ます。この時期に身体の原理を知らないで精神的に不安定になり、それが「いじめ」

「暴力」「不登校」の原因になっていることもあると私は思います。

この対策として、医師に依頼して、生徒にわかりやすく講話をされることが望ましいと思います。現在は男女共学であり、男女一緒に医師の講話を受けられるのもよいでしょう。

「お父さんの出番ですよ！」

学校で聞いた医師の話を、男子は父親に話し、お父さんは、自分の年頃の事を思い出してください。知らないことで悩んだ時もあったでしょう？（結婚の準備期間である）子供（男子）に正しい性教育をされると、父親への尊敬の念が増し、親子関係が一層良くなることと思います。近年ＮＨＫテレビで啓発されています。
④「青年期」は学校を卒業し、社会人として職業に就き、給料を得る時期です。結婚しても子供の無い夫妻は青年期です。
⑤「壮年期」は、子供が出来て、働き盛りの時期です。家庭生活、社会生活で、さまざまな「喜怒哀楽」を経験します。
⑥「高年期」（老年期）は年金生活者となり、老夫妻のみの生活です。現代は、特に高年期の生活者が多く、夫妻共働きの家庭も多くなりました。二人での生活から一人での生活になった時に、淋しさがつのり家事もままならず、有料老人施設に入居し、若者（家族）

に心配をかけないようにしようと思う高齢者も増えてきました。

現代は両親共々有料老人施設利用者が多くなりつつあります。共働きの影響でしょう。

国の発行する「白書」は未来の羅針盤

昭和二十五年以後、昭和六十一年三月までの職務は、新規の法律に基づき女性の地位向上に努めることでした。前例のあまり無い職務であり、私にとっては大いに開拓精神を養うことができて、感謝している今日です。

当時は時代の先端を行く女性として新聞やテレビなどに取り上げられ、「走る宣伝ウーマン」と言われたこともありました。三十数年後の今日、この現代社会の進展について、国家公務員である孫に尋ねたところ、「各府省庁から年々発行されている『白書』を読めば判る」という一言でした。

「白書」は次世代の発展を考えるための好テキストです。これから就職を望んでいる学生にとっては、良い参考資料となることを一言申し上げる次第です。

「白書」によれば、社会情勢は刻々と変遷し、私たちが若かった頃とは一八〇度変化したこともあります。世界水準に追い付け追い越せと走ってきたというのが現状でしょう。

そして、その根源は教育にあります。近年の教育改革は幼小中高等学校の義務教育化であり、大学に至っても、公私の区別なく、出来る限りの国家予算等も組み込まれ、「正に教育は財産なり」を物語っていると言っても過言ではないと思います。

特に英語に対する教育については、通訳がなくても外国の方々と対等に話し合える時代が近くまで来ている昨今です。

「白書」によれば日本の人口は、ますます減少し、ロボットの謳歌時代となってくるでしょう。ロボット時代を迎えるための基礎知識も、緻密な日本人気質と教育の賜物であると確信しています。読者の皆様方も「白書」を読んで、時代の変遷を読み取り、先端をいかれることを願っています。

特に議員の先生方は、自分の居住している地域の進展について、「白書」を読み、国、県、市町村の問題発見のための参考資料とされ、議会で発言され、強いては地域の発展に貢献されることを信じています。

親友への感謝の言葉

河合田鶴子先生

農村指導から一変し、本県企画部行政調査課勤務の辞令を受け、早速行政調査課長に辞令と共に挨拶に伺った時、奥田課長は「教育委員会婦人担当の河合先生に挨拶されるとよいよ」と小声で言われました。早速河合先生にお会いしましたが、先生は快く対応してくださり、その後、御指導と共に良き人脈の広さに敬服し、以来永くお付き合いさせて頂きました。

永眠される前日、「お元気で。また明日お合いしましょうね」と、先生のお宅の門前でお別れした日が最後でした。九十歳で永眠されました。

愛知県婦人文化会館新館が開設したとき、初代館長は当時の教育長が兼務でした。初代事務局長は河合田鶴子先生でした。

定年後は財団法人愛知県教育振興会「子とともに派遣講師」を長年されました。河合先生の推薦により私も同様派遣講師をさせて頂き感謝しています。

台湾の女医・荘淑旂医学博士

消費生活センター在職中のことです。河合先生からの「センターで荘先生を講師でお願いしたらどう」という突然の話にびっくり、私は「最近出版された本、『青春を長もちさせる生活と食事』の著者ね」。河合先生も「そうよ、とっても評判が良くてね、講師料は心配ないのよ」私は「そう、予算の範囲でお願いできれば計画しましょう」

その後、荘先生の講座を開催したところ、どの会場も大変盛況でした。このことが動機となり、各団体主催として河合事務局長に依頼した次第です。

荘先生が本県においで頂いた時は必ず名古屋城が見える「名古屋キャッスルホテル」にお泊まりになられ、夕食を共にしました。荘先生は「三人でお話出来る時間が何よりも嬉しいです」とおっしゃって、ご自身の歩んで来られた歴史を話されました。また河合先生も夫の、東京大学卒業を待って結婚し、共に中国に渡り、夫は日本人学校の教師をされていました。家庭内のことはメイド二人に任せ、優雅な生活だったそうです。先生お二方は、若い夫の病死の話もされました。

荘先生は、平成八年に台湾に帰国され、残して来た子供男子四人は実母に育てられ全員医者となり、独立していらっしゃいます。一緒に来日していた長女は、管理栄養士として母親の健康管理と共に助手役を務めていました。

平成二十七年、九十五歳で永眠されました。

就職・転職に有利な女性の資格ガイド

現椙山女学園大学の教員免許は、中学校一級、高等学校二級が卒業と同時に与えられます。

私が卒業した当時は、椙山女子専門学校三年生の時に、就職担当教授から「教職の希望者は申し出てください。中学校、高等学校の教員資格免許があります」と知らされました。飛島中学校教諭になったときの思い出です。

教頭からこんな言葉が出ました。

「加藤（旧姓）先生、大変良い給料での号俸ですよ」「御一緒に入られた男性の先生は、代用教員ですから給料は低いですよ。東京の大学を卒業された先生様ですよ」この時、資格というものの重要性を痛感いたしました。

令和の年代の今日、女性の社会進出は目覚ましく、特に「男女共同参画推進」による政府の指導は活発になって参りました。それに伴い女性の就職率も高くなり、女子大生の就職への関心も高くなって参りました。

その一助として「就職・天職に有利な女性の資格」（成美堂出版　参照）を紹介しますのでご利用ください。

就職・転職に有利な女性の資格ガイド　I

国家資格

	資格名	意義
1	行政書士	専門職とビジネスの資格
2	公認会計士	専門職とビジネスの資格
3	税理士	専門職とビジネスの資格
4	司法書士	専門職とビジネスの資格
5	社会保険労務士	専門職とビジネスの資格
6	中小企業診断士	専門職とビジネスの資格
7	弁理士	専門職とビジネスの資格
8	気象予報士	専門職とビジネスの資格
9	通関士	専門職とビジネスの資格
10	知的財産管理技能士	専門職とビジネスの資格
11	ファイナンシャル・プランナー	専門職とビジネスの資格
12	貸金業務取扱主任者	専門職とビジネスの資格
13	司法試験	専門職とビジネスの資格
14	通訳案内士	語学力を活かす資格
15	看護師	医療と健康の資格
16	助産師	医療と健康の資格
17	薬剤師	医療と健康の資格
18	理学療法士	医療と健康の資格
19	臨床検査技師	医療と健康の資格
20	作業療法士	医療と健康の資格
21	臨床工学技士	医療と健康の資格
22	義肢装具士	医療と健康の資格
23	歯科衛生士	医療と健康の資格
24	歯科技工士	医療と健康の資格
25	栄養士	医療と健康の資格
26	管理栄養士	医療と健康の資格
27	きゅう師	医療と健康の資格
28	はり師	医療と健康の資格
29	柔道整復師	医療と健康の資格
30	情報処理技術者試験	ITパスポート試験（iパス）　ITとコンピュータ資格
31	基本情報技術者試験	ITとコンピュータ資格
32	応用情報技術者試験	ITとコンピュータ資格

就職・転職に有利な女性の資格ガイド　Ⅱ

国家資格

	資格名	意義
33	診療放射線技師	医療と健康の資格
34	言語聴覚士	医療と健康の資格
35	視能訓練士	教育と福祉の資格
36	社会福祉士	教育と福祉の資格
37	精神保健福祉士	教育と福祉の資格
38	保育士	教育と福祉の資格
39	介護福祉士	教育と福祉の資格
40	美容師	ファッションの資格
41	衛生管理者	住まいとくらしの資格
42	マンション管理士	住まいとくらしの資格
43	管理業務主任者	住まいとくらしの資格
44	建築士	住まいとくらしの資格
45	宅建士（宅地建物取引士）	住まいとくらしの資格
46	土地家屋調査士	住まいとくらしの資格
47	不動産鑑定士	住まいとくらしの資格
48	調理師	サービスの資格
49	旅行業務取扱管理者	サービスの資格

公的資格

	資格名	意義
1	エコ検定	専門職とビジネス
2	ビジネスホーム検定試験	専門職とビジネス
3	メンタルヘルスマネージメント	専門職とビジネス
4	日商簿記検定試験	専門職とビジネス
5	消費生活アドバイザー	住まいとくらしの資格
6	消費生活専門相談員	住まいとくらしの資格
7	日商マスター	パソコンとネットワークを教える仕事 ITとコンピューターの資格
8	日商PC文書作成	データ活用、プレゼン資料作成 ITとコンピューターの資格
9	販売士検定	サービスの資格
10	ケアマネージャー（介護支援専門員）	教育と福祉の資格

参考資料

『就職・転職に有利な女性の資格ガイド』（成美堂出版）

社会人となるための「国家資格」

玉手箱（国家資格）の必要性

（1）大学時代の四年間は、社会人になるための準備期間です。

（2）四年間、学校の授業料と国家資格取得のための授業料あわせて必要です。

（3）大学に入学できましたら、授業料はアルバイトでと考える学生さん、「大きな間違い」ですよ。バイトの時間はありません。

（4）社会人となる就職する「目標」は決まりましたか。

（5）その目標達成のための計画（予算）を持つことがいちばん大切です。

（6）御両親は大学に入学したことで「ひと安心」と思っていらっしゃいませんでしょうか。「国家資格取得」のための授業は「個人の専門分野」です。学校の授業以外に組入れられ、授業料も必要です。学校の授業料より高いかもしれません。また は同じくらい。受ける科目で違います。

御両親はこの点を理解し、授業料を出して、就職後少しずつ返してもらうか、またはこうしたことに対応する金融機関もあると思います。

（7）教職の免許は女性に有利だと思います。

《教職の国家資格プログラム》大学生（女）

（1）教養科目は一年生から四年生まで受ける。

（2）教育実習は約二週間

1　中学校または高等学校にて実習

2　養護学校

3　介護学校

三月上旬までに論文提出。

卒業証書と共に教職の免許が授与されます。

以上、女性にいちばんふさわしい資格と思われます。

現代中年女性の謳歌時代来る

名古屋駅前の喫茶店で、お隣の中年女性二人の会話が耳に入ってきました。

A婦人会長「昨日ね、K様のお宅に伺ったときのこと、留守番の中学生に『母は中学校に勤めています』と言われたの。『お勤めですか。元先生でしたからね。英語の先生でしたね』と言うと『そうです。校長先生が家に来られ、答案用紙の採点をお願いされましたから、それから毎日学校に勤めています』って」
話を聞いたB友人は「現代中年女性の黄金時代来たるとはこのことですね」
A婦人会長は「私も教員でしたから刺激されましたわ」
お隣の席の中年女性の語らいでした。

私の親友　河合田鶴子さん

一九二〇年（大正九年）、東京生まれです。

実家は愛知県豊橋市の富豪家です。父は国家公務員、農林省勤務です。両親は東京に住居を構え、田鶴子さんは東京都内の実践女子専門学校家政学部を卒業されました。

結婚相手は、父の決めた一年後に卒業する東大生でした。この男性は小学校の特待生で、父はこの男性を県立第二中学校、第八高等学校、東京帝国大学までの学資を援助したと、田鶴子さんからお聞きしていました。

結婚式を済ませ、国の方針によって夫と共に中国に渡り、重慶の日本人学校に視学官として赴任し、家庭では二人のメイドを雇い豊かに暮らし、長男、次男、長女と三人の子どもに恵まれました。長女が一歳のとき腸チフスにかかり、それが夫にうつり、日本の医療が必要ということで、家族全員日本に帰国し、名古屋大学附属病院に長女と共に入院されました。長男、次男は豊橋の実家の伯母さまに預け、私は病院で付き添いをしていました。しかし、三週間後、二人共病死いたしました。悲しい想いの日々でした。田鶴子さんは、その後、女専で取得していた栄養士の免許を生かし、学徒動員で愛知県内の軍需工場で働く生徒の給食献立を担当していらっしゃいました。

終戦後、県立高等学校の教師を勤め、その後、愛知県教育委員会の教職員課に赴任し、愛知県婦人団体連絡協議会の事務を担当されました。

愛知県婦人会館が新設され、当時の知事が館長になられ、事務局長に河合先生が就任されました。

定年後、「子とともに」の派遣講師として各市町村のＰＴＡの指導をされました。人気は抜群でした。

平成二十二年、九十歳で永眠されました。

私の親友　荘淑旂さん

一九二〇年、台湾の医家に生まれました。医師であった父を直腸がんで、夫を肺がんで失います。乳飲み子を含め五人の子供をかかえての生活は、大黒柱を失ったみじめさと、自分たちもまたがんになるのではないかという不安の日々であり、このことが、がん研究の端緒となりました。以来、がん撲滅を生涯の目標と定め、三十三歳で中国医師免許を取得。父の跡を継いだ診療所、自ら創設した放射線院の患者のがん治療と生活調査、体型、症状の研究にあたりました。

また、台湾大学教授の協力を得て、全国のがん患者を対象にデータを積み上げ、がんとがん患者の食生活、ストレス、日常の生活習慣の問に密接な関係があることに注目。さらに研究を深めるため来日し、慶應義塾大学医学薬理学教室などで学び、一九六一年、四十一歳で医学博士の学位を受けました。

一九六六年、日本で財団を設立、がんにかかりにくい体型づくりの研究に取り組み、その一方で、生活指導やがん征圧のための知識普及や実施教習にあたりました。

荘淑旂さんの医学は、家伝の漢方医学と西洋医学の研鑽を統合し、臨床例に裏付けされた独特のものです。

あとがき

昭和六十二年四月に「白い自転車」初版を自費出版したところ、新聞で報道され、愛知県部長会議で話題となり、さらに嘱望され、同年六月に改訂第二版の出版に至った次第です。

以来三十有余年、昭和から平成に替わり、このたび令和に元号が替わりました。改訂二版につづき次号をと友人、知人関係者から望まれ、「白い自転車」第三版を書き終えホッとしました。思い起こせば、学校の卒業式には「仰げば尊し……」で学生生活に終止符を打ち社会人となりました。

八十歳の同窓会は「川の流れのように……」を歌いピリオドとしました。「我が人生に悔いはなし」と思う昨今です。

愛知県生活改良普及員採用試験を受け、合格して生活改良普及員として採用されました。若くして学卒の生活改良普及員は大変珍しがられ、転勤先々で新聞紙上に紹介されました。椙山女子専門学校卒業であったことに喜びと感謝をしている次第です。

地方公務員として職務に専念して参りました。行政には規制行政と支援行政があり、私の職務は支援行政でした。弱者である農家、消費者、児童、女性の指導職務です。

「家の財産は女房で持つ」という諺があります。この諺は生活の基本である生活設計のことを言っているのだと確信しました。

指導する私自身が「机上の空論」指導でなく、自分自身計画実践の生活設計を基本とし、実行して、自己の生活を楽しみ、執行の目標は達成し、満足感に浸っている昨今です。

私はあることを心に秘め、今日まで元気に九十歳の卒寿を迎えることができました。この「白い自転車」第三版をまとめるにあたり、その秘密の玉手箱を開き、書き留めておくことにします。

それは定年退職時に受け取った一通の公文書です（玉手箱）。

昭和六十一年十二月一日付、愛知県参事から受け取りました。要約ですが次のようなことが書いてありました。

退職時までの経歴について審査を行い、叙位、叙勲の基準に該当すると思慮される退職者について、「退職者叙位、叙勲名簿」を作成しており、あなたは本名簿に登記されたのでお知らせします。なお八十八歳以上の者に対し授与される高齢者叙勲があります。なお推薦人数が決められておりますことをご了承ください。最後に受賞を確約するものではないことを念のため申し添えます。

私はこの公文書を受け取りびっくりしました。八十八歳までは三十八年間あり、ボランティア活動を積極的に行い、自分自身の視野を広めるとともに、得られた知識が大きな財産となりました。この一通の公文書に元気づけられて今日に至った次第です。

当時は定年が五十歳、平均寿命は七十五歳でした。新しく元号が替わった令和の現代では人生百年時代といわれ、八十八歳での生存者は多く、世情は大きく変わりました。

平成二十九年十二月下旬に、県担当課の方から電話にて「国からの報告で制度が変わってきており、今回は見送りです」と知らされました。

私は「お知らせありがとうございました。叙勲事務手続きについて、国に上申していただいた知事様はじめ担当者の皆様方に心から厚く感謝します。よろしくお伝えください」と申し上げた次第です。

さらに、今日まで健康を保ち、日々夫の励ましと協力の二人三脚で「白い自転車」第三版を完成できましたことを、心から夫に感謝している次第です。

また、このたび出版することができました心の糧、助っ人役は家族でした。

同居家族の娘夫婦と孫娘たちのお陰があったればこそと、心から感謝しています。同居の娘婿は法務省の国家公務員で名古屋市三の丸に勤務、娘は地方公務員で愛知県高等技術専門校に勤務、孫娘は国家公務員で東京都千代田区霞が関に勤務しています。この三人の心強い協力の賜物であると思っています。

さて最近の情報です。令和元年七月二十七日の深夜、ＮＨＫテレビでの討論会放送を聴いての感想です。

「若手企業家大集合、どうする?日本の企業」がテーマの討論会です。出席者の方々は十名、男女五名ずつでした。出席者の方々の学歴と社会経歴は抜群です。各発言者からの発表に魅力を感じ、深く感銘いたしました。

昭和時代から近年に至る企業繁栄地域の第一位は東京であり、現在も変わりません。第二位は長く大阪であったのです。

近年は「愛知県が第二位となったのです」「自動車産業の発展は目覚ましく、特に愛知県はトヨタ自動車及び関連企業の発展が目覚ましいかたわら、若者の町としてますます産業都市化が進む大愛知になることでしょう」という頼もしい発言に、私は時間の過ぎるのも忘れ聴き入った次第です。

この「白い自転車」第三版を発行するにあたり、国家公務員、地方公務員をはじめ、各種団体の方々、個人、友人の皆様、各種新聞社、放送局の皆様方にご指導賜りましたことに心から感謝いたしております。また殊に、出版にあたりましては風媒社山口章社長、劉永昇編集長のご尽力の賜物であると心から御礼申し上げます。

（参考資料）『愛知県昭和史』（上・下）、「ＮＨＫ学園　自分史ダイアリー」、『女性労働者の労働法実務ハンドブック』、『女性の資格全ガイド』

[著者略歴]
深見　正子（ふかみ　まさこ）
1930年　愛知県尾張部に生まれる。
1950年　椙山女子専門学校卒業（旧制度最終）。
1950年　愛知県生活改良普及員資格試験、採用試験合格
1950年　愛知県に就職。6部局で勤務。
1951年11月1日～1952年9月15日　飛島中学校教諭。
1986年　定年退職。定年を記念して「白い自転車」を自費出版。
定年退職後公職歴（1986年～1998年）
　名古屋家庭裁判所家事調停委員
　労働省愛知婦人少年室協助員
　愛知県中小企業専門労働相談員
　名古屋市天白区地域環境審議会委員
　財団法人愛知県教育振興会子とともに派遣講師
　社団法人日本消費生活相談員協会中部支部会員消費生活コンサルタント
　日本退職女教師連合会愛知県支部監査

装幀・澤口 環

白い自転車　走りつづけたわたしの人生

2020年4月30日　第1刷発行　（定価はカバーに表示してあります）

著　者　　深見 正子

発行者　　山口　章

発行所　名古屋市中区大須1-16-29
振替 00880-5-5616 電話 052-218-7808
http://www.fubaisha.com/
風媒社

＊印刷・製本／モリモト印刷
乱丁本・落丁本はお取り替えいたします。
ISBN978-4-8331-5375-1